SAUERLÄNDER

Dagmar Chidolue, 1944 in Sensburg, Ostpreußen, geboren, zählt zu den namhaftesten Kinder- und Jugendbuchautorinnen Deutschlands und wurde mehrfach ausgezeichnet, u. a. mit dem Deutschen Jugendliteraturpreis.

Barbara Korthues, geboren 1971, studierte Illustration an der Fachhochschule Münster, Fachbereich Design. Seit 1996 arbeitet sie als freie Illustratorin für verschiedene Zeitschriften- und Buchverlage.

Weitere Informationen zum Kinder- und Jugendbuchprogramm der S. Fischer Verlage finden sich auf www.fischerverlage.de

Dagmar Chidolue

Ein kleines Stück vom Weihnachtsglück

Mit farbigen Bildern von
Barbara Korthues

SAUERLÄNDER

MIX
Papier aus verantwortungsvollen Quellen
FSC® C083411
www.fsc.org

Erschienen bei FISCHER Sauerländer

Hedderichstr. 114, D-60596 Frankfurt am Main
Umschlaggestaltung: Karin Dalhaus, MT-Vreden,
unter Verwendung einer Illustration von Barbara Korthues
Satz: Fotosatz Amann, Memmingen
Druck und Bindung: CPI books GmbH, Leck
Printed in Germany
ISBN 978-3-7373-5517-9

Inhalt

Friede, Freude, Marzipankartoffeln

1 An der Tür klingelt es Sturm. Das kann eigentlich nur Theo sein. Theo ist Gretas Freund … so ungefähr. Er wohnt mit seiner Mama unter ihnen und geht mit ihr in dieselbe Klasse.

Greta rennt zur Wohnungstür.

Es ist Theo! Er hat einen roten Kopf und ist völlig außer Atem. »Ich muss mal«, sagt er schnell und ist schon in ihrem Badezimmer verschwunden.

»Ich habe für Frau Neumann schnell noch ein Brot gekauft und hochgebracht«, erklärt Theo kurz darauf stolz. »Das war ganz schön schwer, bestimmt hundert Kilo.«

Unsinn!

Frau Neumann ist ihre Nachbarin. Sie hat einen wuschligen Hund, wohnt im dritten Stock und kann nicht mehr so gut laufen. Sie ist auch schon steinalt. Vielleicht achtzig oder hundert. Der wuschlige Hund heißt Tschülli.

Will Theo sich vielleicht beim Weihnachtsmann einschmeicheln ..., geht es Greta blitzartig durch den Kopf, ... und ist deshalb noch vor Schulbeginn schnell zum Bäcker nebenan geflitzt? Vielleicht soll sie auch damit anfangen, besonders nett zu sein, wenigstens zu ihrer kleinen Schwester. Vorsichtshalber. Damit der Weihnachtsmann ihr dieses Jahr endlich einen Hund bringt. Er muss gar nicht groß sein. Ab und zu den Hund von Frau Neumann streicheln zu dürfen reicht nicht!

Da kommt auch schon Mathilda um die Ecke geflitzt. Sie ist Gretas kleine Schwester. Sie denkt, Theo ist *ihr* Freund. Pfff!

Theo ist jedoch schon wieder weg, weil er noch seinen Schulrucksack holen muss. Und sicherlich auch noch ein Türchen an seinem Adventskalender öffnen will!

Heute dürfen Mathilda und Greta auch das erste Türchen am Adventskalender öffnen.

Nur eins?

Jeder eins!

Auf Mathildas Kalender ist der Weihnachtsmann mit seinem knalleknalleroten Mantel zu sehen. Die Päckchen, die er bei sich hat, sind mit goldenen Schleifen verziert. Und über und über ist Mathildas Kalender mit glitzernden Sternen übersät. Sie tippt mit ihrem Fingerchen auf jeden einzelnen. Tz, tz, tz ... Kindergartenkind! Mathilda findet Rot und Gold und Glitzer toll.

Auf Gretas Adventskalender ist ein schneeweißer Winterwald zu sehen. Und ein Schlitten, zwei Schneehäschen und ein neugieriger Fuchs. Dann noch eine Eule und drei Eichhörnchen.

Gretas Kalender ist … hmhmhmhmhm … eleganter. Sie ist ja schon groß und geht längst zur Schule … öhhh … seit einiger Zeit.

»Na?«, fragt Mama, als beide Kinder das erste Türchen aufgemacht haben. »Was war denn drin?«

Schokolade natürlich!

»Ein Schäfchen«, sagt Greta, bevor sie sich das Schokostückchen in den Mund steckt.

Niemand kriegt jedoch raus, was sich hinter Mathildas erstem Türchen verborgen hat. Sie hat ihr Schokostückchen sofort in den Mund geschoben und murmelt mit halb geschlossenem Mund: »Nickelhausssisssi.« Was soll das denn gewesen sein? Manchmal kann man Mathilda nicht richtig verstehen, weil sie so lispelt! Aber das wird vorbeigehen! Meint Mama.

»Hat's euch denn geschmeckt?«, will Mama nun wissen.

»Hmhm«, macht Mathilda.

»Ging so«, meint Greta.

Aber nun ist es Zeit, dass sie sich – zusammen mit Theo – auf den Schulweg macht.

Es ist nicht weit bis zur Schule. Der Weg führt direkt am Marktplatz mit den vielen bunten Fachwerkhäusern vorbei, wo in den letzten Tagen der Weihnachtsmarkt aufgebaut wurde. Mit unzählig vielen Buden, in denen es Leckereien und Weihnachtsschmuck zu kaufen gibt. Und natürlich sind da auch die Stände, wo leckere Bratwürste brutzeln.

Theo erzählt, dass er gesehen hat, wie der Weihnachtsbaum, der vor dem Rathaus steht, gestern herankutschiert wurde. »Der Transporter hat die Kurve nicht gekriegt«, sagt er. »Die Nase vom Baum ist abgebrochen.«

Quatsch!

»Ich meine … die Spitze«, verbessert sich Theo, »die Nasenspitze.«

Ob er sich das ausgedacht hat? Greta sieht doch, dass der Baum seine Spitze noch besitzt!

»Der Tannenbaumdoktor hat das wieder hingekriegt«, erzählt Theo. »Der hat die Nase … öhhh … die Spitze wieder angeklebt.«

Na, na, na! Hoffentlich hält das auch!

Jetzt ist der riesengroße und kerzengerade Baum bereits geschmückt, und zwar mit unzählig vielen roten Schleifen und hellgrün leuchtenden Lämpchen.

»Es sind genau fünftausend Glühbirnen«, behauptet Theo.

Quatschkopf!

Hat er die denn alle gezählt? Greta sieht auch, dass ein Lämpchen zerdeppert auf dem Boden liegt. Dann können es gar nicht mehr fünftausend sein. Wie viele denn? Mit Tausendern rechnen hat Greta noch nicht gelernt.

»Kommst du heute Nachmittag dazu, wenn der Weihnachtsmarkt eröffnet wird?«, fragt Theo.

»Weiß nicht«, sagt Greta. »Mathilda will dann bestimmt auch mitkommen.«

»Ich jedenfalls bin dabei«, sagt Theo. »Manchmal kriegt man dann eine gebrannte Mandel geschenkt oder einen kleinen Lebkuchen oder …«

»Oder eine Marzipankartoffel«, nimmt Greta ihm die Worte aus dem Mund. Marzipankartoffeln mag sie sooo gerne!

»Und der Bürgermeister hält eine Rede«, fährt Theo fort.

»Worüber?«, fragt Greta.

»Über Friede, Freude, Eierkuchen«, behauptet Theo.

Eierkuchen ist okay. Besser wäre jedoch … Friede, Freude, Marzipankartoffeln.

Wie lange dauert überhaupt eine Rede vom Bürgermeister? Eine Stunde? Eine halbe Stunde? Zehn Minuten würden reichen, wenn Greta zuhören soll. Oder sogar nur fünf Minuten. Und am besten wäre es, wenn sie erst dann auf den Weihnachtsmarkt gehen, wenn er schon eröffnet ist, die Hausaufgaben erledigt sind und das Dingdong, das große Glockengeläut, beginnt. Um Punkt sechs Uhr abends geht es damit los.

Greta ist mit Mama und der kleinen Schwester Mathilda etwas vorher auf den Marktplatz gekommen. Vom Tannenbaum ist schon wieder ein Lämpchen auf den Boden gekracht!

Schlimm?

Na ja.

Es ist brechend voll. Alle Leute sind gekommen, um mit eigenen Ohren zu hören, wie fünzig Glocken auf einmal bimmelbammeln. Nur Gretas Papa wollte nicht mit. Er wird die

Glocken von zu Hause aus läuten hören. Fenster aufmachen, Papa!

Theo ist mitgeschlurft. Muss Mama jetzt auch auf ihn aufpassen? Macht sie gerne.

»Aber dass ihr alle in meiner Nähe bleibt!«, mahnt Mama. »Am besten gebt ihr euch die Hand, damit keiner verlorengeht.«

Theo will sich nicht anfassen lassen. »Ich bin kein kleiner Junge mehr!«, stößt er entrüstet aus.

Nun ... klein nicht, aber noch nicht groß, keine dreißig Meter! Also nicht so groß wie der Weihnachtsbaum auf dem Platz.

Der Ziehharmonikamann an der Ecke quält sein Akkordeon. Er spielt das Lied von der *Weihnachtsbäckerei* und dann: *Leise rieselt der Schnee.* Das ist gelogen! Draußen ist es zwar kalt, nur weit und breit ist noch kein Schnee zu sehen.

Mama möchte sich während des Glockengeläuts nicht die ganze Zeit über die Beine in den Bauch stehen. Dort vor der Gaststätte gibt es eine Bank. Schnell, schnell hinflitzen, bevor die anderen Leute auf dieselbe Idee kommen und sich unter dem Heizstrahler aufwärmen wollen!

Mathilda kniet sich auf die Sitzfläche und guckt durch das Fenster in den Gastraum. Greta und Theo machen es nach. Dort drinnen gibt es eine große Kuchentheke mit aller Art

Weihnachtskuchen: Zimtkuchen, Christstollen, Bratapfelmuffins, Honigmandelkuchen, Nussecken und Walnuss-Kaffeetorte. Hmm, lecker.

Mama ist lieb. Als die Kellnerin aus der Gaststätte kommt, sagt sie: »Für alle heiße Schokolade. Das leisten wir uns jetzt.«

Theo strahlt am meisten.

Kaum halten sie die Tassen mit der heißen Schokolade in Händen, beginnt das große Dingdong. Mathilda erschrickt. Beinahe verschüttet sie den leckeren Kakao. Gerade noch mal gutgegangen!

Der Ziehharmonikamann muss zu spielen aufhören. Die Musik, die er aus dem Akkordeon rausquetscht, würde keiner mehr hören.

Den Auftakt des Dingdongs macht eine kleine Glocke. Von irgendwoher erklingen ihre Töne … *klingelingeling*. Dann schließen sich andere Glocken an, mit *bimmelbimmelbammel* und *boing, boing, boing*, und schließlich ertönt es tief: *wumm, wumm, wumm, wumm*. Mathilda hält sich mit beiden Händen die Ohren zu. Schon klirren die Tassen auf den Tellern, so laut ist das Glockengeläut.

Wie lange dauert das denn noch?

Nicht mehr lange. Fast schlagartig hören die Glocken auf zu bimmelbammeln und zu wummern. Nur die kleine Glocke klingelt ein wenig länger. Die weiß nicht, wann Schluss ist.

Jetzt!

Der Ziehharmonikamann quetscht wieder sein Akkordeon. Er singt dazu:

Draußen liegt heut tiefer Schnee.
Am Waldesrand, da steht ein Reh.
Gefroren ist der Bodensee.
Wir trinken heißen Apfeltee.

Gelogen, gelogen, gelogen!

Es ist nämlich heiße Schokolade!

Puderzuckerwaffeln

2 Am Samstag geht Papa mit Greta und Mathilda ins Kindertheater. Aufgeführt wird *Dornröschen*.

Ach nee!

Ach ja! Muss Theo denn auch unbedingt mit?

»Warum denn nicht?«, will Papa wissen.

Na … darum nicht! Weil er immer alles besser wissen will.

Draußen ist es kalt. Also … Mützen aufsetzen! Mathilda hat heute eine Glitzerbärchen-Mütze auf und Greta die Schlippschlapp-Bommel-Kappe. Theo trägt nur Ohrenschützer.

Es schneit ein bisschen. Nur klitzekleine Schneesternchen fallen vom Himmel herab. Greta fängt sie mit dem Jackenärmel auf. Sie weiß, dass Schneesterne immer sechs Zacken haben.

»Guck doch mal!«, sagt sie zu Mathilda und zeigt schnell mit dem Finger auf den wunderschönen Stern, bevor er schmilzt. »Eins, zwei, drei … sechs.«

Die kleine Schwester zählt mit: »Einsss, ssswei, vier.«

Theo hat auch einen Stern eingefangen. »Meiner hat sieben Zacken«, sagt er.

Spinner!

»Alles, was vom Himmel fällt, hat sieben Zacken«, behauptet er.

»Auch Regentropfen?«, fragt Greta.

»Klar!«

»Ich habe noch nie einen Regentropfen mit sieben Zacken gesehen«, sagt Greta.

»Ich auch nicht«, gibt Theo zu. Und er hat auch noch keinen Schneestern mit sieben Zacken gesehen! Nie im Leben!

Im Kindertheater ist es ziemlich voll. Zwischen den Zuschauersitzen und der Bühne liegen bunte Sportmatten auf dem Boden … in Grün, in Rot, in Blau und in Gelb. Na, da darf man wohl drauf rumtoben. Aber ohne Schuhe, ohne Stiefel! Nur mit Socken oder in Hausschuhen. Prima!

Was für Kinder sind sonst noch hier?

Zwei Jungs, ungefähr im Alter von Greta und Theo. Einer hat ein grünes Spiderman-Sweatshirt an und der andere ein Spiderman-Sweatshirt in Blau. Das sind die Spiderman-Brüder. Dann gibt es noch eine rosa Prinzessin, einen hellblauen Sternchen-Bären und eine Zopf-Marie mit dunkelrot gemusterter Strumpfhose.

Alle Papas sollen auf den roten Sesselstühlen Platz nehmen. Und alle Mamas! Nur eine Mama hockt sich auf Knien an den Rand der Matten. Sie hat unendlich langes Haar und sieht deshalb aus wie ein Engel. Den Kindern erklärt sie: »Springen auf Gelb!« und: »Purzelbaum auf Blau!« und »Schlafen auf Grün!«

Aber niemand möchte schlafen.

Alle Kinder hopsen und kullern und springen und hüpfen auf den bunten Matten herum. Auch Greta und Mathilda. Greta kann hoch hüpfen, und Mathilda kann gar nichts. Sie traut sich nicht!

Die beiden Spiderman-Brüder sind böse. Sie gehören zu der Engel-Mama. Sie schubsen die anderen Kinder, und die Mama brüllt sie an: »Aufhören! Jetzt reicht's! Man schubst die anderen Kinder nicht!«

Das weiß doch jeder!

Aber da hat Theo schon einen Nasenstüber von dem grünen Spiderman-Bruder bekommen. Heult er jetzt?

Ja, ein bisschen.

Wer will ihn trösten? Seine Mama ist ja nicht mitgegangen.

Greta ist nicht gut im Trösten. Nicht mal, wenn Mathilda sich weh tut. Dafür ist ihre Mama da.

Was ist mit Papa?

Ach, die Engel-Mama hat Theo bereits zu sich gerufen. Sie

klebt ihm ein rotes Monsterpflaster auf die Nase. Das sieht doof aus, aber Theo schaut stolz in die Runde. Er kann ja nicht sehen, wie er damit ausschaut.

Mathilda läuft zu Papa. »Aua!«, sagt sie und zeigt auf ihre Nase.

Papa hat kein Pflaster dabei und pustet auf die Nase von Gretas kleiner Schwester. Das reicht aber nicht.

»Aua!«

Ach so! Mathilda möchte auch gerne ein Monsterpflaster haben! Findet sie das schick?

Pfff.

Weil außer Hopsen und Schubsen noch nichts los ist, trinken alle Mamas und Papas jetzt Weihnachtskaffee und essen Waffeln, mit Puderzucker bestreut.

Und was kriegen die Kinder? Keine Puderzuckerwaffeln?

Später!

Nun kommt eine Theaterfrau auf die Bühne. Sie ist groß und stark, ganz schwarzgekleidet, und sie trägt eine Schlabberflatterhose. Sie behauptet, dass sie der Papa vom Dornröschen ist. Also ein König. Deswegen zeigt sie ihre Muckis und benimmt sich wie ein dicker Macker. Sie ist aber auch die Königin mit Zwitscherstimmchen und tut so, als wäre ihre Flatterhose ein Märchenkleid.

König und Königin wünschen sich ein Kind.

Schwuppdiwupp … da ist es schon: das Dornröschen!

Wer will das Kind sein?

Theo!

Er muss jetzt das Dornröschenbaby sein, auf der Bühne Platz nehmen und am Daumen nuckeln. Die guten Feen dürfen Theo Glück wünschen und Schönheit …

»Und einen Ferrari«, ruft Theo laut.

Niemand möchte wirklich gern eine gute Fee sein. Denn die hat nichts weiter zu tun, außer dem Daumennuckler alles Gute zu wünschen. Aber die bösen Feen dürfen Grimassen schneiden und die Krallen ausfahren. Da kann Greta es Theo mal so richtig zeigen … *krrrrrrrr* …

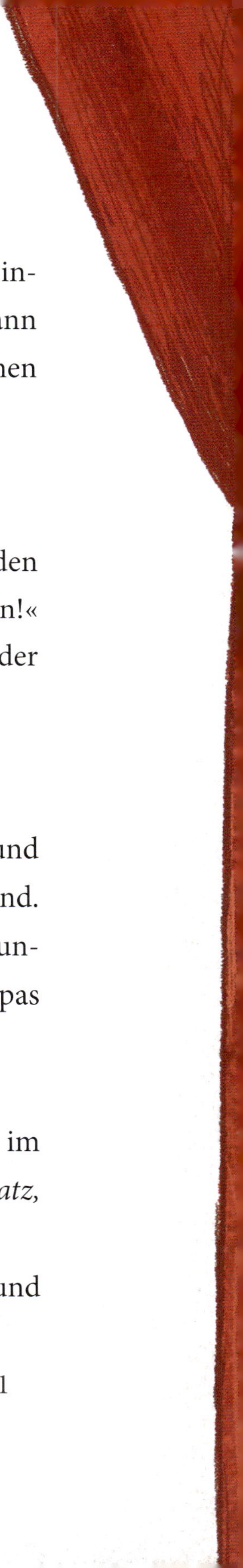

Wo ist Mathilda geblieben?

Ach … auf Papas Schoß.

Die Zeit vergeht und vergeht und vergeht. Theo kann inzwischen den Daumen wieder aus dem Mund nehmen. Dann sind fünfzehn Jahre um. König und Königin machen einen Ausflug, und Dornröschen kann machen, was sie will.

Was denn?

»Schneeballschlacht!«, ruft Greta.

»Schneemann bauen!«, brüllt der blaue Spiderman in den Raum hinein und sein grüner Bruder: »Und kaputtmachen!«

Aber jetzt kommt die Sache mit der bösen Fee und der Spindel … *surr, surr, surr*.

Wer will Theo stechen?

Greta! Na, nicht in Wirklichkeit.

Piks, piks, piks, und schon schlafen das Dornröschen und die Hunde und Pferde und sogar die Fliegen an der Wand. Und wieder vergeht die Zeit und vergeht und vergeht. Hundert Jahre dauert das. Und die kleine Mathilda auf Papas Schoß schläft auch die ganze Zeit lang.

Dann kommt endlich der Prinz. Wer küsst jetzt wen?

Zum Glück geht das Licht aus, und die Kinder dürfen im Dunkeln Küsse in den Raum werfen … *schmatz, schmatz, schmatz*.

Alle wachen auf, auch Mathilda. Die Hunde bellen, und

die Pferde wiehern, und die Ohrfeige vom Koch ist auch aufgewacht. Weiß doch jeder!

Und nun ist Party!

»Mit Torten«, schlagen König und Königin vor und wollen wissen, welche Torten den Kindern am liebsten wären.

»Käsekuchen«, schlägt Theo, das Dornröschen, vor.

Mann! Käsekuchen ist doch keine Torte! Torten … das sind Erdbeertorten, Schokotorten und Zitronentorten. »Und Spiderman-Torten!«, rufen der blaue und der grüne Bruder wie im Chor.

Aber in Wirklichkeit gibt es im Kindertheater keine Torten, und die Puderzuckerwaffeln sind auch schon ausverkauft. Schade! Aber man kann wiederkommen! Nächste Woche gibt es *Rapunzel* und dann *Schneewittchen* und dann … vielleicht *Rotkäppchen und der Wolf*? Den Wolf würde Greta gerne mal spielen.

Sie fand's im Kindertheater toll. »Ich möchte noch mal hierher«, schlägt sie vor, und Theo sagt: »Und ich möchte einen Schneemann bauen.«

Jetzt?

Mal schauen, wie es draußen aussieht.

Stockduster

3 Am Sonntag haben Papa und Mama viel Zeit für ihre Kinder. Papa trägt der kleinen Mathilda ein Gedicht vor. Selbstgemacht? Hört sich so an:

Es war einmal ein kleines Schwein,
gern wollte es ein Dino sein.
Ach so: Die Dinos gibt's nicht mehr?
Das Schweinchen weint deswegen sehr.
Da kommt der Weihnachtsmann heran,
der jeden Wunsch erfüllen kann:
»Mein Rentier hat die Heiserkeit.
Wärst du als Weihnachtsschwein bereit?
Im Schweinsgalopp geht's durch die Welt.«
Wie das dem Schweinchen jetzt gefällt!
Das Glück kann oft ganz anders sein!
Beim Schwein … als Weihnachtsschlittenschwein.

O Mann! Was Papa sich alles so ausdenkt!

Während Papa dichtet, backen Mama und Greta Weihnachtsplätzchen. Es ist schön, dass Papa sich um Mathilda kümmert. Da haben sie Ruhe. Sonst würde die kleine Schwester noch mitmachen wollen. Das gäbe eine Katastrophe!

Greta darf den Teig kneten. Das macht sie gerne. Kuchenteig ist schön matschig und patschig. Und wie lecker er ist!

Jetzt muss der Teig ausgerollt werden. Das erfordert Kraft, und deshalb will Mama mit der Nudelrolle an die Arbeit gehen. »Hol schon mal die Förmchen aus der Schublade«, bittet sie Greta.

Aber die Förmchen sind nicht in der Kramschublade. Und nicht in der Besteckschublade. Und auch nicht …

Papa mischt sich ein: »Die haben wir im letzten Jahr weggeworfen, weil sie anfingen zu rosten!«

Echt?

Ach Mann! Und was jetzt?

»Bestimmt gibt es Förmchen auf dem Weihnachtsmarkt«, meint Mama. Und der hat natürlich sonntags auf!

»Ich gehe mit«, sagt Greta.

»Ich auch!«, ruft Mathilda.

Nein, sie nicht! Sonst bekommt sie noch Rentier-Schnupfen-Heiserkeit. Papa soll mit ihr spielen.

Der Plätzchenteig kommt zunächst in den Kühlschrank,

und Mama und Greta ziehen sich ihre Winterjacken an. Obwohl der Weihnachtsmarkt nur um die Ecke liegt, muss Greta auch ihre Mütze aufsetzen und den Bommelschal um den Hals wickeln!

Der Himmel ist bedeckt, und auf dem Weihnachtsmarkt leuchten alle Lichter. Es ist schon dunkel geworden. Ist da vom Baum nicht schon wieder ein Lämpchen runtergepurzelt?

Mama und Greta kommen auf der Suche nach Ausstechförmchen gar nicht so recht voran. Mama muss erst mal an den Bienenwachskerzen riechen. Greta sucht schon nach einem Weihnachtsgeschenk für Papa. Vielleicht eine Weihnachtsbrille mit Rentiergeweih? Oder ein Nussknackermännchen? Ein Päckchen besoffener Pralinen?

Hups! Fast hätten sie vor lauter Herumguckerei den Stand mit den Förmchen verpasst! Welche sollen sie denn kaufen? Sterne! Herzen! Engel und Trompeten!

Da hinten läuft Gülay mit ihrem Papa! Winke, winke!

Leider kann Greta jetzt nicht zu ihrer Schulfreundin hinüberlaufen. Der Plätzchenteig wartet! Aber morgen in der Klasse können sie ja miteinander quatschen.

Mama und Greta versuchen, sich durch all die Weihnachtsmarktbesucher und an den vielen Ständen vorbei durchzuzwängen. Greta läuft hinter Mama her und krallt sich an deren

Winterjacke, damit sie nicht getrennt werden. Allein würde sie gar nicht aus dem proppevollen Weihnachtsmarkt herausfinden. Den meisten Leuten reicht sie nur bis zur Brust. Über den Köpfen der Leute sieht Greta nur noch die Spitze vom zweistöckigen Märchenkarussell. Sie ist damit bisher keine einzige Runde gefahren. Ihr Freund Theo ist sicherlich schon mit dem Autoscooter rumgebraust … sie bisher mit nichts.

Plötzlich fängt die Musik vom Karussell und vom Autoscooter an zu jaulen und zu jammern. Alle Lampen, alle Lichter und sogar die unzähligen Lämpchen auf dem riesigen Weihnachtsbaum fangen an zu flackern … und verlöschen schließlich ganz. Stockduster!

Die Leute hören auf zu schnattern. Greta hört nur noch Gemurmel, und jemand sagt: »Stromausfall.«

Was heißt das? Heißt das, dass Mama und sie nicht mehr den Weg raus aus dem Marktplatz und nach Hause finden werden? Es ist schon ein bisschen unheimlich. Greta klammert sich an Mamas Jacke.

Mama sagt: »Halt dich an mir immer fest«, und greift mit einer Hand nach Greta. Jetzt kann nichts mehr passieren.

Rundherum versuchen die Leute, mit ihren Handys ein wenig Licht zu machen. Fast sieht das sogar weihnachtlich aus. Einige haben Feuerzeuge dabei, die sie anmachen. »Ohhh!«, rufen alle erfreut aus. Hat denn keiner Angst? So-

lange Greta sich an Mama festhalten kann, fürchtet sie sich auch nicht.

Bis auf das Gemurmel der Leute ist es still. Aber dann beginnt der Ziehharmonikamann, auf seinem Akkordeon zu spielen! Ohne hinzugucken? Wow!

Rings um Greta herum fangen die Leute an, zur Melodie zu hopsen … *hopp-hopp-hopp-hopp*, *ratta-tsching* und *dadda-ratta-bumm*. Die machen sich gar keine Sorgen!

Die Budenbesitzer kramen Kerzen aus allen Ecken und zünden sie an: Gelbe Bienenwachskerzen, rote Adventskerzen und bunte Weihnachtskerzen. Und hier und dort hat sogar jemand eine Taschenlampe dabei. Na, so was!

Die Dunkelheit dauert nur ein paar Minuten, dann fängt die Musik vom Doppelkarussell und vom Autoscooter wieder an zu dudeln. Der Ziehharmonikamann ist nicht mehr zu hören, und die Leute rufen im Chor: »Oooooh …«, als ob sie es bedauern würden, dass es wieder Strom gibt.

Überall fangen die Lichter an zu leuchten, all die tausend Lämpchen am Weihnachtsbaum natürlich auch. Mama und Greta quetschen sich mit ihren Backförmchen die letzten Meter durch die Menschenmenge.

Und nun schnell nach Hause! Hoffentlich haben Papa und Mathilda den Teig inzwischen nicht aufgegessen! Die haben aber was Aufregendes verpasst!

Schon bald sind die ausgestochenen Plätzchen im Ofen. Ein Kuchenblech nach dem anderen wird in den Backofen geschoben. Wie das duftet! Nach Zimt und Vanille und Anis. Sooooo lecker!

Der blaue Weihnachtsmann

4 Greta geht es nicht gut, als sie am Morgen aufwacht … der Hals tut weh, die Nase läuft, und ihre Stimme hört sich komisch an. Mama legt ihr die Hand auf die Stirn. »Du hast bestimmt leichtes Fieber. Besser, du bleibst heute zu Hause und gehst nicht in die Schule.«

Was Mama sagt, das wird gemacht. Sie wird Gretas kleine Schwester Mathilda in den Kindergarten bringen und sich dann ganz, ganz doll um Greta kümmern.

»Herssslich Bessserung«, ruft Mathilda Greta lispelnd noch zu.

Eigentlich ist es im Bett ganz gemütlich. Und die Halsschmerzen sind auch nicht sooooo schlimm. Auf dem Tischchen neben dem Bett steht ein Becher Pfefferminztee mit Honig. Das hilft beim Gesundwerden. Echt!

Wie soll Greta sich die Zeit und die Langeweile vertreiben? Sie könnte endlich ihren Wunschzettel schreiben.

Und was wünscht sich Mathilda eigentlich? Ist Greta ziemlich egal. Wahrscheinlich wünscht sich die kleine Schwester dies und das und dazu noch Blink-Blink-Schuhe. Die wünschen sich nämlich alle Kinder.

Papa und Mama wünschen sich zu Weihnachten bestimmt liebe Kinder. Wie immer! Aber Greta könnte ihnen als Weihnachtsgeschenk ein Gedicht vortragen. Hmhmhmhmhm … so könnte es gehen:

Das Eichhörnchen hüpft froh herum.
Die Weihnachtsmaus ist auch nicht dumm.
Sie stiehlt dem Hörnchen ein paar Nüsse.
Denkst du, sie kriegt dafür Kussküsse?

Ein bisschen klauen ist nicht schlimm.
Obwohl … es ist ja kein Benimm.
»Was machst du da, du doofe Pute?
Ich geb dir gleich was auf die Schnute!«

»Pute? Sag mal … bist du blind?
Ich bin das Mäuseweihnachtskind!«
»Ach so! Ich wünsch dir nur das Beste
zum eisig kalten Weihnachtsfeste.«

Da kommt Mama schon zurück. Sie hat für Greta eine Riesenbrezel mit Schokoladenüberzug dabei. Die Brezel ist lecker. Greta schafft jedoch nur die Hälfte. Viel zu groß …

Mama setzt sich an ihr Bett. »Was meinst du eigentlich, was sich Mathilda wünschen könnte?«

»Blink-Blink-Schuhe«, sagt Greta sofort. Die wünscht sie sich ja selber auch! Obwohl … wenn sie und die kleine Schwester beide das Gleiche bekommen, dann denkt Mathilda vielleicht noch, dass sie gleichberechtigt sind. Man muss einen Unterschied machen! Aber über ein Glubschiplüschtier würde sich Mathilda bestimmt auch freuen. Alle Kinder lieben Glubschis.

Mama misst jetzt bei Greta Fieber. Die Temperatur ist schon runtergegangen. »Morgen oder übermorgen kannst du wahrscheinlich wieder zur Schule gehen.«

Aber so im Bett wie eine Weihnachtsmaus in ihrer Höhle ist es auch schön. Greta würde am liebsten noch hundert Tage liegen bleiben. Doch dann hätte sie Weihnachten verpasst! Und sie braucht auch nur einen Tag lang im Bett zu liegen.

Am nächsten Tag geht es ihr schon gut, und sie kann mit Mama und der kleinen Schwester Mathilda rausgehen. Linksherum und dann die Straße geradeaus. Schon sind sie am großen Kaufhaus. Beide Kinder drücken sich die Nasen am

Schaufenster platt. Es ist winterlich dekoriert. Schneeflocken wirbeln hinter der Glasscheibe. Und am Himmel vom Schaufenster hängen dicke Wolken, aus denen hin und wieder Blitze rauszischen. Oh, oh … die könnten in die Weihnachtsrakete, die einen Berg an Päckchen schleppt, einschlagen. Dann wäre es aus mit Geschenken!

Von außen kann man die Rakete steuern. Pfeile zeigen in

die Richtung, in die man sie lenken könnte. Wenn man Glück hat, wird die Rakete nicht vom Blitz getroffen und die Päckchen können an die Kinder geliefert werden.

Greta lässt den Flieger nach links sausen. Mathilda nach rechts, und schon ist es passiert … der Blitz hat die Rakete getroffen.

Leider hast du die Geschenkerakete nicht in Sicherheit bringen können.

Also noch einmal! Und jetzt … hast du das gesehen, Mama? … der Blitz hat nicht eingeschlagen!

Du hast gut aufgepasst, und die Geschenkerakete kann die Weihnachtspäckchen abliefern. Hole dir in der Spielwarenabteilung eine kleine Überraschung ab.

»Was das schon sein wird«, murmelt Mama.

Durch eine Spielwarenabteilung kann man nicht so einfach durchmarschieren. Greta schaut hierhin und Mathilda dorthin. Diese Baukästen! Die Spiele! Haarreifen, Knutschis und Glubschis! Puppenhäuser mit Schwimmbad und schicke Reiterinnen! Große ober-

coole Monster! Riesige fette Teddys! Rennautos und Weltraumkämpfer! Was man alles noch auf einen Wunschzettel schreiben könnte! Dabei weiß Greta schon genau, was sie sich alles wünscht.

Mama drängt bereits. Greta ist gespannt, was für eine Überraschung sie bekommen werden. Ein Puppenhaus oder wenigstens kleine coole Monster?

Mama stellt sich mit ihren Kindern in die lange Schlange vor der Kasse. Mathilda ist bereits langweilig zumute. Sie pikst ihren Finger in einen flauschigen Pinguinbauch. »Tz, tz, tz«, macht ein alter Herr missbilligend. Mama verdreht deshalb die Augen, aber Mathilda hört auf, den Pinguin zu ärgern.

Dann sind sie endlich dran. Sie möchten die Überraschung abholen.

»Aha, aha, aha«, macht die Kassenfrau. Dann bückt sie sich und rückt mit der Überraschung heraus.

Was? Nur ein kleiner blauer Schokoladenweihnachtsmann?

Vorne hat er einen Bauch und hinten nix ... da ist er platt wie eine Briefmarke. Deshalb ist es eigentlich nur ein halber Weihnachtsmann.

Wer von ihnen soll denn nun den mickrigen blauen Weihnachtsmann bekommen? Sie haben die Rakete doch zu zweit durch das Gewitter fliegen lassen!

»Da müsst ihr euch schon einigen«, sagt die Kassenfrau und rückt keinen weiteren Weihnachtsmann heraus.

»Das werden sie schon«, meint Mama und nimmt ihr den blauen Weihnachtsmann aus der Hand.

Pfff … eine bekommt von ihm die Füße und die andere den Kopf. Mann, Mann, Mann … was für eine Überraschung! Ist ja toll! Pfff!

Wunschzettel

5 Oh … Greta und Theo müssen sich heute aber beeilen, um rechtzeitig zur ersten Schulstunde da zu sein. Es gibt unterwegs sooo viel zu sehen! Ob das große Auto, das versucht, rückwärts in eine Parklücke zu rangieren, überhaupt dort hineinpasst? Ob dessen Fahrer auch eine Münze in die Parkuhr steckt? Und ob er gleich von Polizisten verhaftet wird, weil er kein Geld reingeworfen hat … ujuijuijuijuijui. Leider haben sie keine Zeit, das Drama abzuwarten! So rennen sie los, und fast außer Atem stürzen sie ins Schulgebäude. Gerade können sie ihre Winterjacken auf die Kleiderhaken pfeffern und ihre Hausschuhe anziehen … dann rein in den Klassenraum. Zum Glück ist der Tumult noch groß. Ihre Lehrerin hat gar nicht gemerkt, dass zwei ihrer Schüler fast … fast! … gefehlt haben.

Heute gibt es keinen Morgenkreis. Stattdessen zündet die Lehrerin eine große rote Kerze an. Ja … auch hier in der

Klasse wird Advent gefeiert. Bitte mit einem fröhlichen Weihnachtslied!

Die Schüler singen aus vollem Hals. Und sie möchten schon Geschenke zu Weihnachten bekommen … alles, was blinkt und kracht!

Und nun gibt es den üblichen Unterricht: Rechnen, Schreiben, Lesen. Zunächst will ihre Lehrerin, dass sie alle einen Wunschzettel schreiben. Einen Brief an den Weihnachtsmann.

Theo meldet sich. Er hat eine Frage. »Wer bringt denn unsere Wünsche zum Nordpol?«, will er wissen.

»Die Post«, meint die Lehrerin.

»Und wenn die streikt?«

»Dann werde ich eure Briefe höchstpersönlich zum Nordpol schaffen.«

Wow!

Greta überlegt. Sie legt ihren Kopf schief, so wie immer, wenn sie scharf nachdenkt. »Wie willst du denn dahin kommen?«, fragt sie.

»Mit dem Rodelschlitten«, behauptet die Lehrerin.

»Aber es liegt noch kein Schnee!«, wirft Theo ein.

»Abwarten!«

In Gretas Kopf arbeitet es. Wenn die Lehrerin mit einem Schlitten zum Nordpol kommen will, braucht sie jemanden, der den Schlitten zieht. Es ist ein langer Weg zum Nordpol. Doch Lehrerinnen sind schlau. Die lassen sich immer was einfallen!

Es ist nicht einfach, einen Wunschzettel an den Weihnachtsmann zu schreiben. Mit Überschrift? Vielleicht: *Für den Weihnachtsmann?* … oder nur: *Wunschzettel?* … oder auch: *Sehr geehrter Herr Weihnachtsmann?*

Greta will ihn nett anreden. Und sie hofft, dass man *du* zu ihm sagen kann. Das sagen sie ja sogar manchmal noch zu ihrer Lehrerin.

Und so beginnt Gretas Wunschzettel:

Lieber Weihnachtsmann,
ich habe viele Wünsche, aber vor allem wünsche ich mir einen Hund. Er muss auch nicht groß sein.

Tja … den Hund hat sich Greta eigentlich schon letztes Jahr gewünscht. Leider hat sie sich auf dem Wunschzettel verschrieben: Hud. Sie hat doch nur den Buchstaben N vergessen! Aber der Weihnachtsmann hat das nicht geschnallt. Er hat wohl gedacht, dass sie sich einen *Hut* gewünscht hat. Und was bekam sie? Eine Bommelmütze! Deswegen wird sie es in diesem Jahr noch einmal mit ihrem Herzenswunsch probieren. Mit einem Hund kann man spielen und sich von ihm notfalls auch trösten lassen. Und der Tschülli von Frau Neumann gehört ja Frau Neumann. Das reicht nicht, wenn man mal gerade einen Hund braucht!

Aber nun muss Greta mit ihrem Wunschzettel weitermachen.

Und dann wünsche ich mir noch:
1 Feengarten und eine Kinder-Nähmaschine
1 Glubschi in Rosa und 1 Glubschi mit Pünktchen
Flugzeug mit Lautsprecherdurchsage
1 Geldtresor, ein Buch und Blink-Blink-Schuhe
Wenn das zu viel ist, sag Bescheid. Es muss nicht alles sein!
Du kannst meiner kleinen Schwester Mathilda auch was bringen. Von mir aus.
Grüße von Greta

Fertig! Und nun schaut sie hinüber, was ihre Freundin Gülay auf ihr Blatt hingekritzelt hat.

Das hier:

Herr Weihnachtsmann!
Ich schreibe in meiner besten Schrift. Hoffentlich geht es dir gut. Mein Papa hat mir einen Schreibtisch gekauft. Stuhl-mit-zum-Hochstellen. Aber ich möchte noch gerne eine Skinny-Fit-Hose und 1 Parka mit Fell. Blink-Blink-Schuhe und …

Viele Kinder schaffen es nicht, ihren Wunschzettel im Unterricht zu Ende zu schreiben. Dann ist es eben eine Hausaufgabe, und Greta kann daheim ihren Brief an den Weihnachtsmann noch mit Sternchen verzieren, in Rot und Gold und Blau und Grün.

Auf dem Nachhauseweg soll Theo mal erzählen, wie sein Wunschzettel aussieht.

»Willste gucken?«, fragt er Greta und kramt schon in seinem Rucksack. Okay.

Was hat der denn da geschrieben? Geht das überhaupt?

Hallo, Weihnachtsmann, hier ist mein Wunschzettel:
Löwenritterburg und Spähtrupp
Angriffskatapult
Funkgerät mit Zwei-Wege-Radio
Di-Dschey-Mischpult
Radierstifte
Ach, und Blink-Blink-Schuhe
Und beim Rest lasse ich mich überraschen.
Dein dich liebender Theo

»Das ist aber ein komischer Brief«, sagt Greta, als sie das gelesen hat.

»Wieso?«

»Wegen … *hallo, Weihnachtsmann.*«

»Was ist komisch dran? Ich sage ja auch … hallo Greta.«

Wenn er meint!

Nikoläusinnentag

6 Auf ihrem Nachhauseweg von der Schule trauen Greta und Theo ihren Augen nicht. Es gibt nämlich nicht nur einen Weihnachtsmann, sondern sogar … eins, zwei, drei Weihnachtsfrauen! Auf Fahrrädern sausen die an ihnen vorbei und stoppen direkt vor dem Weihnachtsmarkt.

Es sind junge Weihnachtsfrauen. Sie tragen Stiefel, rote Hosen und Jacken. Und angeklebte Bärte! Auf dem Kopf … Zipfelmützen mit Fellbesatz und Bommel natürlich. Mann, die werden doch den Weihnachtsmann kennen und könnten ihm die Wunschzettel überbringen! Wahrscheinlich sind sie auf ihren Rädern schneller als die Post oder die Lehrerin mit ihrem Rodelschlitten.

Nichts wie hin!

Die Weihnachtsfrauen sind von ihren Rädern abgestiegen.

»Was glotzt ihr denn so?«, fragt eine die Kinder.

»Wie du so aussiehst!«, sagt Theo. »Seid ihr Weihnachtsfrauen? Kennt ihr den Weihnachtsmann? Könnt ihr ihm einen Brief mitgeben?«

»Häh?«, macht die zweite der Weihnachtsfrauen.

Theo hält seinen Brief hin, und Greta sucht auch schon in der Schultasche nach ihrem Wunschzettel. »Für den Weihnachtsmann, bitte!«

Die dritte Weihnachtsfrau nimmt beide Blätter entgegen. Sie schaut ihre Kolleginnen zweifelnd an.

»Na, dann nimm schon«, sagt eine und fügt hinzu: »Aber dalli, dalli! Wir haben noch viel vor!«

Und dann setzen sie sich wieder auf ihre Räder. Und bevor sie in die Pedale treten, ruft Theo ihnen nach: »Versprochen?«

Klappt das nun, oder klappt das nicht?

Der nächste Tag ist der 6. Dezember, also ein Tag, an dem die Vorfreude auf Weihnachten ansteigt. Heute gibt es zu Hause pickepackevolle Nikolausstiefel. Ja … auch bei Mathilda und Greta, als sie aus ihren Betten gekrabbelt sind.

Was ist denn in ihren Winterstiefeln drin? Ach so: Äpfel, Nüsse, Mandelkern! Dann für jeden neue Buntstifte. Kleine Stifte für die kleine Schwester und große Stifte für Greta. So muss es sein! Es hätte aber ruhig mehr in den Stiefeln sein können!

Papa ist auf dem Sprung. Im Stehen trinkt er seine Tasse Tee aus. Er muss fix machen, sonst kommt er noch zu spät zur Arbeit. Tschüs, Papa, tschüs!

Greta zieht sich bereits den dicken Anorak über. Mama macht das Radio an. Gerade wird das Weihnachtslied gespielt, das Greta und auch die kleine Mathilda so mögen:

Glöckchenklang und Frohgesang
klingt zur Weihnachtszeit.
Alle Kinder warten schon,
Weihnachten ist nicht mehr weit.

Butterplätzchen, Marzipan
gibt es heute überall.
Helle Stimmen singen jetzt.
Hört den Jubelschall.

Engel basteln Glitzersterne
lassen sie dann fliegen.
Schweben runter auf die Erde,
bleibt als Schnee dort liegen …

Oh, die Zeit rennt, jetzt kommen schon die Nachrichten im Radio: »Gestern sind auf dem Weihnachtsmarkt Diebe unterwegs gewesen. Der Schaden ist hoch. Weihnachtsdekoration wie Schwippbögen, Engelsorchester und Nussknacker sowie mundgeblasene Tannenbaumkugeln sind gestohlen worden. Die Weihnachtsmarktbesucher haben drei Weihnachtsmänner gesehen, die auf Fahrrädern geflüchtet sind. Es hat sich jedoch herausgestellt, dass es Nikoläusinnen gewesen sind. Die Polizei hat sie geschnappt, gerade als sie ihre Kostüme in Abfallbehälter stopfen wollten.«

Gretas Mama lacht schallend. »Nikoläusinnen!«, stößt sie aus. »Das habe ich ja noch nie gehört!«

Mama! Das gibt es! Das können doch nur …

Schon läutet Theo an der Tür, um Greta abzuholen. Er sieht

sehr aufgeregt aus. Na klar, er hat die Nachrichten im Radio auch gerade gehört. »Hast du …«

»Beeilt euch«, sagt Mama da. »Eure Lehrerin ist bestimmt ärgerlich, wenn ihr zur spät in die Schule kommt.«

So flitzen Theo und Greta die Straße entlang.

Jetzt mal langsam! »Hast du …«, beginnt Theo erneut.

»Hab ich! Und das waren bestimmt …«

»Das waren unsere Weihnachtsfrauen von gestern«, unterbricht Theo Greta.

»Die Nikoläusinnen!«

Ja, so muss es gewesen sein. Und hier, genau hier, am Eingang zum Weihnachtsmarkt haben sie gestern mit ihnen geredet! Was für ein Abenteuer!

»Und was ist mit unseren Wunschzetteln passiert?«, fragt Theo.

»Weiß nicht«, meint Greta und sieht sich um. Und da … dort drüben unter dem Weihnachtsbaum … dort liegen … Manno! … dort liegen – neben einigen zerbrochenen Lämpchen – zwei zusammengeknüllte Zettel. Ihre Briefe an den Weihnachtsmann! Die haben die diebischen Nikoläusinnen einfach weggeworfen! Was für eine Frechheit! Sie haben nicht nur geklaut, sondern auch noch gelogen!

Theo und Greta laufen hinüber, bücken sich und heben die zerknautschten und feuchten Briefe an den Weihnachtsmann auf. Man kann kaum noch was lesen, auf Gretas Wunschzettel nur die Wörter *Glubschi* und ... *vor allem* ... und auf Theos Brief bloß *Hallo, Weihnachtsmann*. Kann der Weihnachtsmann damit was anfangen? Der Hund ist weg! Ausgerechnet ... Hund!

Und was wird die Lehrerin dazu sagen? Heute am Nikolaustag ... öhhh ... am Nikoläusinnentag!

Theo und Greta haben viel in der Schule zu erzählen. Sie stehen im Mittelpunkt, weil sie gestern die drei Nikoläusinnen gesehen haben, die den Weihnachtsmarkt ausraubten. Was für eine Geschichte! Dass man jetzt mit den zerknüllten Wunschzetteln, also der Hausaufgabe der beiden Schüler, wirklich nichts mehr anfangen kann, ist zum Glück nicht so schlimm. Deswegen müssen sie nicht heulen!

»Schreibt einfach neue Briefe an den Weihnachtsmann und bringt sie morgen mit«, meint die Lehrerin. »Ich schicke sie erst weiter, wenn ich auch eure habe.«

Ihre Lehrerin ist aber nett, denkt Greta. Sie hat gar nicht geschimpft. Sie sammelt einfach die Hausaufgaben der anderen Kinder ein und legt sie in ihre Schublade. Gretas und Theos Wunschzettel werden morgen dort hineinwandern. Ganz bestimmt!

Treffpunkt Weihnachtsbaum

7 Wow! Gretas und Theos Lehrerin verkündet, dass sie mit der ganzen Klasse heute Vormittag dem Weihnachtsmarkt einen Besuch abstatten möchte. Dann ist der nämlich noch nicht voller Leute. Prima! Supi! Hohohooo!

»Vielleicht bekommt ihr Ideen, was ihr euren Eltern schenken möchtet«, meint die Lehrerin. »Sterne und Baumschmuck aus Goldpapier könnt ihr ja selber basteln.« Und Gedichte!

Die Schüler sollen immer zu zweit gehen. Hand geben!

Greta läuft neben Gülay her. Theo ist deswegen sauer, weil er fest damit gerechnet hat, dass Greta sich für ihn entscheidet. Ist aber nicht so! Nun muss er neben seiner Lehrerin hermarschieren. Nicht mit anfassen! Kommt gar nicht in Frage! Er versteckt eine Hand hinter seinem Rücken.

Heute ist der Himmel knalleblau. Die Luft ist kalt. Eiseskalt? Nun, so ungefähr. Jedenfalls kann man den Atem sehen, der wie kleine Nebelmonster aus Mund und Nase entweicht.

Auf dem Marktplatz gibt die Lehrerin Anweisungen: »Bitte einigermaßen zusammenbleiben! Wenn einer verlorengeht … Treffpunkt ist der Weihnachtsbaum. Verstanden?«

»Jaaaa!!!«

Zunächst besuchen sie den Stand mit den Strohsternen. Schööön! So toll wird das keiner von ihnen hinbekommen. Fenstersterne mit buntem Transparentpapier können sie aber längst. Schon seit Kindergartenzeiten!

Greta schaut sich noch einmal die Weihnachtsbrille mit dem Rentiergeweih an. »Ist die nicht schön?«, fragt sie Theo.

»Für mich?«, will er wissen.

Blödmann! Für Papa natürlich!

Ach so.

Gülay bleibt am Stand mit den baumelnden Lebkuchenherzen stehen. Na, das wären doch tolle Geschenke für die Familie. Und immer steht ein netter Spruch drauf:

Oma ist die allerbeste der Welt
Mama, du bist die allerbeste der Welt

Na, wer denn nun?

Auf manchen Lebkuchenherzen steht so was wie:

Borussia oder *Eintracht* oder *Dynamo*

Und so was gibt's auch:

Schatzi

Greta und Gülay kichern darüber. Und was soll denn das hier bedeuten:

Kleine Zimtzicke

»Ich würde dir das da schenken«, sagt Theo zu Greta. Er hat sich an ihre Seite geschlichen.

Was meint er? *Schatzi* oder die *Zimtzicke*? Was ist das überhaupt?

Greta fragt ihre Lehrerin.

»Jedenfalls ist das nicht was Nettes«, sagt die Lehrerin.

Lieber fragt Greta bei Theo nicht nach. Sie will nicht sein *Schatzi* sein!

Gülay hat das Herz, das sie ihrem Papa schenken möchte, gefunden:

Du bist mein Volltreffer

Vielleicht wäre das sogar was für Gretas Papa. Statt der Weihnachtsbrille.

Und jetzt taucht auch noch der Weihnachtsmann auf. »Hohohooo!«, ruft er und bimmelt mit einem Glöckchen. Er greift in einen Sack und verteilt Schokosterne und grüne Weingummischlangen. Hoffentlich hat er das alles nicht vom Weihnachtsmarkt geklaut! Dann wäre er ja kein richtiger Weihnachtsmann. Außerdem passen heute zwei Polizisten auf. Ein Polizist und eine Polizistin!

Die Schulklasse von Greta, Gülay und Theo hält sich lange am Stand auf, an dem es fünfzig verschiedene Sorten gebrannter Mandeln gibt: Vanille, Kokos, Banane, … Greta würde Waldmeister nehmen, Theo Bubble Gum und Gülay Granatapfel.

Drüben … das Karussell … fährt leider noch nicht. Doch allmählich wird es auf dem Weihnachtsmarkt voller. Leise zieht ein Duft nach Bratwurst und Glühwein über den Platz. Kann der Geruch von Glühwein schon besoffen machen? Greta zieht die Luft heftig ein. Nee … besoffen wird sie davon nicht, nicht einmal beschwipst.

Am Bratwurststand sammeln sich Leute. Zwei Männer in dunklen Wollmänteln lehnen an einem Bistrotisch und unterhalten sich, während sie gleichzeitig Wurst mit Senf essen. Man sollte aber nicht mit vollem Mund reden!

Jetzt gesellt sich ein dritter Mann zu ihnen. Auch er hat einen dunklen Mantel an. In einer Hand trägt er eine Aktentasche, und in der anderen balanciert er einen Pappteller mit Bratwurst. Die Tasche stellt er auf den Boden. Dann beteiligt er sich an der Unterhaltung der beiden anderen Männer. Dabei stecken sie die Köpfe zusammen. Bestimmt hecken sie was aus. Sind sie Diebe oder Einbrecher? Uijuijuijui!

Die Unterhaltung der drei ist beendet. Sie lachen und schlagen sich dabei auf die Schultern. Einer hebt die Hand zum Abschiedsgruß, und dann haben sie sich schon verzogen.

Guck doch mal: Die Aktentasche ist am Bistrotisch stehen geblieben! Die wurde vergessen! Bestimmt ist da Diebesgut drin!

Hilfe! Hilfe!

Greta sieht sich um. Wo ist die Polizei?

Jetzt sind sie gefordert, Greta, Theo und Gülay. Sie müssen was tun!

Greta flitzt los, und auch ihre Freundin und Theo haben kapiert, was Sache ist. Greta ist als Erste an der Aktentasche und schnappt sie sich. Und wie weiter?

Ach, da kommen die Polizisten angeschlendert. Die kommen wie gerufen! Nix wie hin.

»Die Aktentasche …«, beginnt Theo und fährt fort: »… die Diebe … der Dieb …«

»Nun mal langsam«, sagt die Polizistin. »Erzählt alles der Reihe nach.«

POLIZEI
POLIZEI

Da gibt's nicht viel zu erzählen. Hier ist die Aktentasche und das geklaute Diebesgut.

Der Polizist nimmt Greta die Tasche ab. Er wiegt sie in der Hand. Schwer? Seine Kollegin greift nun danach und schüttelt die Aktentasche. Weihnachtsschmuck wird wohl nicht drin sein. Vorsichtig öffnen die Polizeibeamten die Tasche. Bestimmt ist eine Million drin. Lass mal sehen!

Da kommt der Mann angerannt, der die Aktentasche bei sich hatte. Der Dieb!

»Meine Güte, bin ich froh, dass die Tasche nicht verloren ist«, sagt er und will sie schon an sich nehmen.

Halt, halt! So geht das nicht! Nicht so einfach!

Er muss sich ausweisen, und weil sein Name auf dem Ausweis und auf den Papieren in der Aktentasche übereinstimmt, reicht das der Polizei. Der Mann darf die Tasche mitnehmen. Pfff … da sind ja nur Papiere drin. Akten! Deswegen ist es eben eine Aktentasche!

Ach so.

Bevor der Mann geht, muss er Finderlohn rausrücken. Das sagen die Polizisten, und so gehört es sich auch. Obwohl kein Geld in der Tasche ist, ist der Inhalt nämlich Geld wert … Gold wert. Der Aktentaschenmann spendiert der ganzen Klasse Goldtaler vom Krimskrams-Süßigkeitenstand. Aus Schokolade!

Eigentlich ist Greta die alleinige Finderin. Sie hat die Tasche aufgehoben, und Gülay und Theo sind mitgelaufen. Die Mitschüler … und ihre Lehrerin … die haben nur zugesehen. Also, eigentlich … aber von vierundzwanzig Schokotalern würde Greta nur Bauchschmerzen bekommen.

Madame Appolinia

8 Neben dem großen Weihnachtsmarkt gibt es ganz hinten noch einen kleinen, nämlich den Mittelalter-Weihnachtsmarkt. Die Klasse mit ihrer Lehrerin will sich dort auch umsehen.

Der mittelalterliche Weihnachtsmarkt sieht ganz anders aus als der auf dem Marktplatz. Es riecht nach unbekannten Sachen, nach einer Mischung aus Krautsuppe, Löwenzahnsirup, Pfefferkirschen und Kürbiskuchen. Und total nach Kräuterbonbons! Es gibt Handwerkerbuden und Schnitzbuden und Näh- und Spinnstuben. Aber drechseln und schnitzen und nähen will heute keiner.

In der Mitte von diesem seltsamen Weihnachtsmarkt steht ein Zelt. »Wie aus einem Märchen«, meint die Lehrerin.

»Ja!«, stimmt ihr Gülay zu. »Wie in der Geschichte vom Tiger, dem Dieb und der Karawane.«

Klar, dass bei einer Karawane Zelte dabei sind. Wahrscheinlich so schöne und große wie dieses hier, nämlich aus königsblauem Stoff, bedruckt mit goldenen Monden und Sternen.

Neben dem großen Zelt steht ein kleines Zelt, das genauso aussieht … blau mit goldenen Monden und Sternen. Ist da jemand drin? Jawohl! Ein Zelt für einen winzigen, beigebraunen Hund, der müde seinen Kopf auf die Pfoten gelegt hat. Er ist so klein, dass er locker in eine Handtasche passen würde. Wenn Greta endlich einen Hund bekommen sollte, dürfte der ruhig einen Tick größer sein. Er muss ja nicht in eine Handtasche passen. Sie würde ihn auf Händen tragen! Notfalls!

Auf einem Holzschild am großen Zelt steht geschrieben, dass eine Wahrsagerin die Zukunft voraussagen kann. *Madame Appolinia.* Sie ist bereit, Hilfe in jeder Lebenslage zu gewähren. Und sie kann sogar sagen, wer du bist. So ist es zu lesen.

Hm … wenn die Madame rausbekommt, was für einen Beruf die Lehrerin hat, dann würde sie einen Volltreffer landen. Ob die sich für diesen Test opfern würde?

»Den Spaß mache ich mit«, sagt sie.

Alle Kinder drängeln sich vor dem Eingang, der von zwei überlappenden Stoffbahnen begrenzt ist.

Die Wahrsagerin hockt im Schneidersitz auf einem bunten Teppich. Vor ihr steht eine leuchtende Glaskugel. Und auch die Kleidung der Madame ist malerisch. Auf dem Kopf trägt sie einen Turban.

Mit der Hand bedeutet sie der Lehrerin, sich ebenfalls auf dem Teppich niederzulassen. Mit scharfen Augen betrachtet sie die Lehrerin. Dann senkt sie ihren Blick auf die Glaskugel.

»Ich sehe …«, beginnt sie, »… dass Sie mit vielen Kindern zu tun haben.«

Stimmt!

»Sie sind eine kluge Frau …«

Stimmt!

»… und viele Menschen müssen tun, was Sie ihnen sagen.« Sieh mal an! Was die Wahrsagerin alles weiß!

»Sie werden ein langes und erfülltes Leben haben.« Sowieso!

»Ihnen macht es Freude, wenn gescheite Menschen um Sie versammelt sind.«

Na ja …

»Passen Sie jedoch auf, wenn Sie die Straße überqueren wollen!«

Logo.

»Achten Sie auf Ihre Gesundheit und geben Sie nicht viel Geld aus!«

Das macht die Lehrerin nur manchmal. Die Tüte gebrannter Mandeln, die sie ihren Schülern heute schon spendiert hat, war nicht gerade billig. Und sie hält für jeden ihrer Schüler immer ein Geburtstagsgeschenk bereit. Greta hat schon ein schlechtes Gewissen, und Gülay zieht irgendwie schuldbewusst ihre Schultern hoch. Nur Theo dort drüben am anderen Ende des Vorhangs schneidet grinsend eine Grimasse. Aber der Lehrerin macht es bestimmt Spaß, hin und wieder anderen Freude zu bereiten! Muss sie jetzt die Wahrsagerin bezahlen?

»Geben Sie mir, worauf Sie verzichten können«, sagt Madame Appolinia und schlägt die Augen bescheiden nieder.

Die Lehrerin sieht sich um. Huch! Überlegt sie, auf welchen ihrer Schüler sie verzichten könnte?

Nein! Sie hat noch ein paar gebrannte Mandeln in der Tüte. Die bietet sie Madame Appolinia an. Na, da guckt die Wahrsagerin aber komisch! Das hat sie leider nicht vorausgesehen.

Allerley Kreyseley

9 Eigentlich ist es heute am Sonntag zu Hause schön gemütlich. Zwei Kerzen brennen bereits auf dem Adventskranz. Doch Greta bettelt, noch einmal auf den mittelalterlichen Weihnachtsmarkt gehen zu dürfen. Wenigstens mit Papa. Ihre Freundin Gülay wird mit ihrem Vater nämlich auch da sein.

Mathilda will mit. Klar. Sonst zetert sie rum. Sie hat behauptet, dass der … der Nickelhausssisssi *(hihihi!)* im Kindergarten gewesen ist. Er hat Schokoladensterne verteilt. Nur an die Kinder, die lieb gewesen sind. Er hat gefragt: »Na, wer war ein braves Mädchen?« Mathilda hat sich natürlich gemeldet.

Mama möchte zu Hause rumhantieren. Das ist okay. Und so machen sich nun drei – warm verpackt – auf den Weg und schlängeln sich durch die Massen der Besucher auf dem Weihnachtsmarkt. Bis in die hinterste Ecke, dahin, wo es stark nach Kräuterbonbons riecht.

An einem Pfahl ist ein Schild angenagelt, das ihnen den

Weg weist: *Allerley Kreyseley*. Hups … das ist aber ein komisches Karussell! Auf dem runden Bretterboden stehen Pferde, Kühe, Ziegen, ein Wildschwein und ein Bollerwagen, der mit Stroh ausgelegt ist. Bis auf die ausgestopfte Sau, die ein dickes graues Fell trägt, sind die anderen Tiere grob aus Holz geschnitzt.

Der Mann, der das Karussell betreibt, hat ein durchgescheuertes Wams an und Kniebundhosen. Auf dem Kopf trägt er einen Schlapphut mit Fasanenfeder. So sah man wohl im Mittelalter aus.

Gülay und ihr Vater sind auch da. Fein!

Gretas Freundin möchte unbedingt auf dem dunkelbraunen Pferd reiten. Mathilda zappelt bereits vor Freude mit Händen und Füßen, weil sie sich in das Wildschwein verliebt hat. »Papa! Heb mich mal rauf!«, befiehlt sie.

Er schnappt sich Gretas kleine Schwester und hievt sie auf die Sau. »Gut festhalten«, sagt er.

Greta setzt sich auf die schwarzweiß gefleckte Kuh, die ziemlich wackelig aussieht. Nun könnte es losgehen! Der Mittelaltermann geht reihum. Eltern müssen bezahlen! Schließlich fordert er die Väter auf: »Dann mal los! Wer ist denn nun ein starker Kerl?«

Was? Papa runzelt bereits die Stirn.

»Hier muss man das Karussell selber bedienen«, sagt der

Mann. »Im Mittelalter gab es doch noch keinen Strom. Oder was haben Sie sich gedacht?«

Jetzt muss Papa ran. Mitten aus dem runden Bretterboden ragt ein dicker Baumstamm, an dem zwei eiserne Kurbeln angebracht sind. Papa erklimmt das Karussell und greift nach einer Kurbel. Kaum schafft er es, das Ding zu bewegen.

Da kommt der Vater von Gülay herbei. Er tut so, als würde er in die Hände spucken, packt dann den Griff der anderen Kurbel. Beide Papas schauen sich an. Gretas Papa nickt, und Gülays Vater ist ebenfalls bereit. Langsam, ganz langsam kommt das Karussell in Gang.

»Kurbeln, Papa, kurbeln!«, spornt Greta da auf der Kuh ihren Papa an, und Mathilda auf dem Schwein stimmt ein: »Kurbeln, Papa, kurbeln!«

Die Väter drehen an den Eisenkurbeln, was das Zeug hält.

»Schneller!« »Schneller!« »Schneller!«

Wie die Papas jetzt ins Schwitzen geraten! Aber hallo!

»Kurbeln!« »Kurbeln!« »Kurbeln!«

Die Kuh, die rennt, das Pferd galoppiert, und die Sau nimmt rasant die Kurven. Nicht aufhören, Papa!

Der Mittelaltermann ruft: »Ich glaube, jetzt ist's genug! Es reicht wohl!«

Die Väter schauen sich an, hören jedoch nicht auf zu kurbeln. Denn wer aufhört, der hat verloren.

Greta hört schon den keuchenden Atem von Papa. Wenn er verliert … das wäre Mist. Dann wäre er kein starker Kerl.

Zum Glück lassen die Väter die Eisenkurbel gleichzeitig los. Sie lachen und klopfen sich auf die Schulter. Beide Papas sind Gewinner! Und jetzt muss Papa die kleine Mathilda vom Wildschwein heben. Ob er das auch noch schafft?

Der kleine Weihnachtsmann

16 Überall zieht Weihnachtsgeruch durch die Straßen. Und überall klimmbimmelt es. Obwohl es früh dunkel wird, leuchtet die Stadt im Festtagsschmuck. Da wollen Greta und Mathilda jeden späten Nachmittag raus.

»Nur gucken«, sagt Mathilda.

Sie sitzt auf Papas Schultern. Mit einer Hand hält sie sich am Ohr von ihm fest, und die andere streckt sie aus, als könnte ihr jemand was Leckeres zustecken. Tut nur keiner. Nicht mal Mama. Greta ist ein bisschen neidisch. Von Papas Schultern aus hat die kleine Schwester bestimmt einen tollen Blick auf all die Leute auf den Straßen.

»Theo ist da!«, ruft Greta jetzt und zeigt mit der Hand irgendwohin. »Theo mag ich gern«, sagt Mathilda. »Jaha.« Na, dann schenk ihm doch ein Lebkuchenherz mit der Aufschrift *Schatzi*, denkt Greta grimmig.

»Ohhh«, sagt Mathilda, »jetzt ist Theo fort.« Macht nichts.

Greta sieht ihn ja oft genug in der Schule. Und auf dem Weg dorthin. Und auf dem Weg zurück. Und wenn sie nachmittags zusammen *Mühle* oder sonst was spielen.

Auch auf den Straßen ist es proppenvoll.

Plötzlich drängt sich ein kleiner Weihnachtsmann durch die Menge. Er ist kleiner als Papa, aber ein gutes Stück größer als Greta. Jetzt kommt er an ihr vorbei. Er trägt einen Wattekinnbart und einen Watteschnurrbart. An seiner Zipfelmütze hängt eine Bommel aus Fell. Auch sein roter Weihnachtsmantel ist mit Fell umrandet und viel zu lang. Er schleift auf dem Boden.

In diesem Moment fängt ein Hund fürchterlich zu bellen an. Viele Leute bleiben stehen und sehen sich nach dem Kläffer um. Dann machen sie den Weg für eine Frau frei, die ein großes Tuch über ihren Mantel geschlungen hat. Es ist die Wahrsagerin mit dem Turban auf dem Kopf. Über ihrer Schulter hängt eine Tasche, und aus dieser Tasche schaut der Hund heraus. Das ist doch der winzige Hund aus dem blauen Zelt mit den goldenen Monden und Sternen! Wie er seine Schnauze aufreißt! Und vor lauter Aufregung springt er aus der Tasche. Er landet auf dem Boden und flitzt dem kleinen Weihnachtsmann auf der Straße bellend hinterher. Der schaut sich immer wieder nach ihm um. Er hat Schiss vor dem winzigen Handtaschenhund!

Mathilda hopst aufgeregt auf Papas Schultern herum, dass er Mühe hat, sie an den Beinen festzuhalten. Mit beiden Händen schlägt sie auf Papas Kopf, als wäre der eine Trommel. Die umstehenden Leute wissen gar nicht, wohin sie gucken sollen, auf die zappelige Mathilda oder auf den bellenden Hund, der immer noch hinter dem kleinen Weihnachtsmann her ist.

Da! Jetzt hat der Hund den Mann erreicht. Er schnappt nach dem auf dem Boden schleifenden Mantel, beißt sich dort fest und schleudert seinen winzigen Kopf hin und her und her und hin. Der winzige Kerl ist ja völlig durchgedreht.

Der kleine Weihnachtsmann hält seinen Mantel fest. Und

reißt und zieht, doch der Handtaschenhund lässt nicht los. Er hat sich in den Mantel verbissen. Deswegen fängt der kleine Weihnachtsmann jetzt auch an, den unteren Rand seines Mantels mitsamt dem Hund hin- und herzuschleudern. Achtung! Theo steht ganz in der Nähe. Jetzt hat Mathilda ihn auch entdeckt.

Nun eilt die Wahrsagerin herbei, Madame Appolinia. Sie bückt sich und greift nach dem Hund. Lässt der nun los?

Nee!

Der kleine Weihnachtsmann zieht an seinem Mantel, der Hund zieht am Fell, und die Madame zieht den Hund. Einer muss nachgeben! Die Leute schauen fasziniert zu, und Theo dort drüben beißt sich vor lauter Spannung in die Fingerknöchel. Hat er denn bei dieser Kälte nicht einmal Handschuhe an?

Es ist so, dass der kleine Handtaschenhund gewinnt. Er hat es geschafft, ein Stück Fell vom unteren Rand des Mantels abzubeißen. Damit läuft er schwanzwedelnd zu seiner Madame.

Der kleine Weihnachtsmann schaut sich seinen Mantel an. »Es ist echtes Kaninchenfell«, sagt er traurig.

Ach so! Der Hund hat das gerochen. Und nun denkt er wohl, dass er ein richtiges Kaninchen geschnappt hat! Armes Kaninchen!

Das Kind in der Krippe

11 Direkt vor dem Rathaus gibt es eine Weihnachtskrippe. Die muss man sich doch anschauen! Abends natürlich! Wenn die Stadt leuchtet und leuchtet und der Weihnachtsstern über dem Stall allen den Weg zeigt.

Die Krippe steht auf einem hohen Podest und ist sehr groß. Auch die Weihnachtsfamilie ist groß, Maria und Josef. Ochs und Esel ebenfalls. Greta kann nicht sehen, ob was in der Futterkrippe zwischen den Stalltieren liegt. Sie will sich gerade auf die Zehenspitzen stellen, da kommt Theo angeschlichen. Er zeigt ihr seine Hände. Die Finger sind schneeweiß. Vielleicht schon wegen der Kälte abgestorben? Warum hat der Blödmann denn nie Handschuhe an?

Gretas kleine Schwester Mathilda hockt heute auch auf Papas Schultern. Papa ist ihr Packesel. Er muss tun, was Mathilda sagt.

Jetzt legt sie den Kopf in den Nacken und schaut auf die

Spitze des Tannenbaums. Zählt sie die Lichter? Sie kann doch gar nicht zählen! Nun beugt sie sich vor, als wollte sie Papa ins Gesicht sehen. »Plumps?«, fragt sie. Wahrscheinlich ist gerade wieder ein Lämpchen vom Weihnachtsbaum auf den Boden gekracht.

»Kein Plumps«, antwortet Papa. Er hebt sie von seinen Schultern und setzt sie auf die Treppe, über die man aufs Podest steigen und zu den Krippenfiguren gelangen kann. Gretas kleine Schwester reibt sich die Augen und gähnt ausgiebig. Papa massiert sich Schultern und Nacken. Seine kleine Tochter wiegt schon ganz schön viel! Hundert Kilo?

Theo wird von seiner Mutter begleitet. Sie greift jetzt nach seiner Hand und versucht sie zu reiben. »Dieser Bursche …«, beginnt sie, »… dieser Bursche will nie Handschuhe anziehen, und dann beschwert er sich zu Hause, dass seine Finger eiskalt und blutleer geworden sind.«

Theo grinst und hält seiner Mutter auch die andere Hand hin, damit das Blut wieder zu fließen beginnt.

Gretas Papa stöhnt mitfühlend. »Tja … so sind sie, die Kinder«, sagt er.

Was soll das denn heißen?

Und überhaupt … im Moment ist nur ein Kind an seiner Seite. Mathilda ist weg!

Der Schreck fährt allen in die Glieder. Papa ruft lautstark

ihren Namen und blickt sich beunruhigt um. Greta springt hoch, immer und immer wieder, als ob sie über die Köpfe der Leute schauen könnte. Theo versucht sogar, unter das Podest der Weihnachtskrippe zu schauen. Greta steigt die Stufen hinauf. Von dort oben aus kann sie die kleine Schwester vielleicht entdecken. »Mathilda! Mathilda! Mathilda!«, ruft auch sie in einer Tour. Was hat sich ihre kleine Schwester eigentlich gedacht, als sie abgehauen ist? Nie und nimmer ist sie alleine nach Hause gegangen!

Da fällt Gretas Blick auf die Krippe, die zwischen Ochs und Esel auf einem Teppich aus Stroh steht. Ein Kind liegt in der Krippe. Nein! Zwei Kinder liegen in der Krippe. Eins davon hält das andere im Arm. Und beide Kinder schlafen fest … Mathilda und das Jesuskind.

»Papa!«

Der kommt sofort herbei, nimmt die Stufen mit einem Satz. Der Blick, den er auf die Krippe wirft, ist eine Mischung aus Unglauben und Erleichterung. Vorsichtig nimmt er das Jesuskind aus Mathildas Armen, legt es neben die Futterkrippe aufs Stroh. Dann schnappt er sich seine kleine Tochter und trägt sie auf den Armen runter von der Weihnachtskrippe. Mit geschlossenen Augen nuschelt Mathilda: »Papi, lasss mich ssslafen, bin müde …«, und dann: »… wo isss meine Puppe?«

Ist keine Puppe! Ist doch das Jesuskind!

Papa drückt Mathilda, die schon wieder eingeschlafen ist, einen Kuss auf die Stirn und fordert Greta mit einer Kopfbewegung auf, ihm zu folgen … nach Hause, nach Hause. Klar, Papa.

»Ich hätte nie gedacht, dass ein Kind verlorengehen könnte, nie im Leben hätte ich das gedacht«, murmelt er, immer und immer wieder.

Ist ja gut, Papa, ist ja gut.

Aber Theo darf sich wohl hier noch rumtreiben, was? Na, der hat's gut, der fährt heute Abend bestimmt noch Autoscooter, der vor dem großen Kaufhaus aufgebaut ist.

Mist!

Ist das Kunst?

12 Mama hat Lust, das Rathaus zu besuchen, wo in diesen Tagen Weihnachtssachen zu sehen sind.

Sachen?

Na ja … Bilder und Gebasteltes. Hoffentlich sind auch komische Sachen dabei, so was wie lustige Bildhauerei.

»Es ist eine Kunstausstellung«, sagt Mama und fährt fort: »und sie wird von einheimischen Künstlern präsentiert.«

Präsentiert?

Ach so … angeboten. Wie Kekse auf einem Tablett und umsonst?

Nicht umsonst.

Trotzdem wollen Greta und Mathilda mit. Papa kann ruhig zu Hause bleiben: auf dem Sofa liegen und Pfefferkuchen knabbern. Oder er rafft sich auf und begleitet sie.

Seufzend erhebt er sich. Er braucht gar nicht so zu stöhnen!

Zum Rathaus ist es nicht weit. Direkt hinter dem Weihnachtsbaum mit den vielen, vielen Lichtern kommt man durch eine schwere Eisentür hinein. Mathilda denkt, dass sie die Tür alleine öffnen kann. Um überhaupt an die Klinke zu kommen, muss sie sich auf die Zehenspitzen stellen. Wie sie sich reckt und wie sie sich streckt! Aber selbst, als sie sich mit ihrem ganzen Gewicht dranhängt, rührt sich die Türklinke nicht. Das Gesicht von Mathilda sieht schon aus wie ein Gewitter, das sich zusammenbraut. Da bricht bereits der Sturm los. »Papa!«, brüllt sie. »Hilf mal! Mach mal!! Losss!!!«

Papa sagt: »Das hab ich mir schon gedacht.« Er drückt die Klinke spielerisch … spielerisch! … nieder. Mann, Papa! Bist du stark! Die gewaltig große Eisentür schwingt auf.

Drinnen ist es schön warm, und Mama beginnt sofort mit ihrem Rundgang durch die Ausstellungshalle. Auf Galeriensockeln stehen Skulpturen, und viele Bilder hängen an den Wänden. Komische Sachen gibt es zum Glück auch zu sehen.

Papa schleicht Mama langsam nach. »Vielleicht merken wir, welches Kunstwerk Mama schön findet«, flüstert er den Kindern zu. »Gut aufpassen!«

Aha! Das könnte dann ein Weihnachtsgeschenk für Mama werden? Prima Idee, Papa! Am besten was von den komischen Sachen. Die sehen am lustigsten aus. Vielleicht das Gewurschtel aus Glasfäden? Oder der Schnapp-schnapp-Vogel aus Metall? Ist das Kunst? Ey, das ist bestimmt aus einer Gartenschere gebastelt worden! Mama lacht sich darüber kaputt. Sie mag den Schnapp-schnapp-Vogel! Aber sie schaut sich auch die Bilder an, die hier zu sehen sind, das mit einem schwarzweißen Hund und das mit dem blauen Meer, auf dem ein rotes Handy schwimmt, und das mit der rosafarbenen Rose.

Huah! Allmählich wird der Gang durch die Ausstellung langweilig. Noch einmal um die Ecke marschieren und noch einmal … dann sind sie wohl durch.

Wo ist überhaupt Mathilda geblieben? Bitte nicht wieder abgehauen! Das macht sie neuerdings anscheinend gerne.

Greta beeilt sich und flitzt um all die Ecken. Na, die kleine Schwester ist nicht getürmt. Sie steht wartend an der großen Eisentür. Die würde sie zum Glück nicht aufbekommen.

Nun kommen auch die Eltern an. Hat Mama sich für irgendetwas begeistert? Hat sie ein Glitzern in den Augen? Eines, das Papa entdeckt hat? Er zuckt mit den Schultern, als Greta ihn fragend ansieht. Doch Mathilda hat das Glitzern in Mamas Augen gesehen. Und sie hat gleich gehandelt. Das kann man sehen, als sie sich umdreht. Da steht sie und hält den Schnapp-schnapp-Vogel in den Armen. Mathilda!!!

Hat niemand sie aufgehalten? Hat keiner gemerkt, dass Gretas kleine Schwester ein Kunstwerk gemopst hat?

»Für Mama«, sagt sie und wiegt den Schnapp-schnapp-Vogel in ihren Armen.

»Um Himmels willen«, sagt Mama. »Das bringen wir sofort zurück! Und zwar dalli-dalli!«

»Isss aber sssööön!«, behauptet Mathilda und will den Vogel nicht hergeben.

»So schön wiederum nicht«, meint Mama und windet das Kunstwerk aus Mathildas Händen.

»Nicht?«, fragt Gretas kleine Schwester enttäuscht.

»Nicht so richtig«, meint Mama.

Papa kann den komischen Vogel wieder zu seinem Künstler zurückbringen. Und *Entschuldigung* sagen, Papa! Ist bloß ein Versehen gewesen!

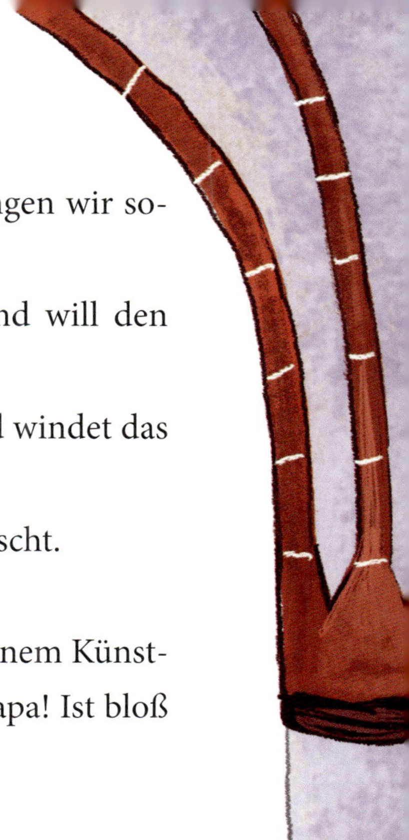

Tri tra trullala

13 Mit den Eltern sind Mathilda und Greta auf dem Weg zum Kasperltheater. *Tri tra trullala* ist ja eher nur was für Mathilda. Doch soll Greta zu Hause bleiben und sich ohne die Familie langweilen?

Nee.

Sie könnte aber auch, wenn sie alleine in der Wohnung ist, schon mal nach Weihnachtsgeschenken suchen.

Lass die Finger davon, Greta!

Zum Kasperltheater braucht man nur den hölzernen Wegweisern zu folgen, die mit ihrer Spitze in die richtige Richtung zeigen.

Bevor sie die Holzhütte mit dem Kasperl erreichen, kommen sie an fünf Trompetenspielern vorbei.

Hups! Da fallen einem ja glatt die Ohren ab! Die fünf Musiker stehen da und blasen in ihre goldfarbenen Instrumente, was das Zeug hält: Ein Horn, zwei Trompeten, eine

KASPERLE
THEATER
KASPERLE
THEATER

Posaune und eine Tuba. Die Tuba ist das tollste Instrument … riesengroß und wuchtig. Von der Treppenstufe der Musiktöne kann es die tiefsten, tiefsten Kellertöne rauspusten.

Mathilda hält sich die Ohren zu, und Greta wartet darauf, dass der Trompeter sein schweres Instrument fallen lässt. Brechen ihm nicht die Arme ab?

Die Blechbläser spielen *Stihill, stihill, stihill …*

Na, so still ist es nicht, weil die Trompeter gar nicht leise spielen können, sie machen nämlich immer nur laut *pauuupau, pau pau pau pauuu.*

Jetzt kann Mathilda die Hände von den Ohren nehmen. Die Musiker haben nämlich aufgehört zu trompeten, drehen ihre Instrumente um und lassen Spucke da rauslaufen … iiiii.

Im Kasperltheater sitzen die Kinder auf dem Boden. Mathilda will nicht. Sie möchte bei Mama und Papa bleiben. Eltern sollen jedoch hinten stehen bleiben. Und deswegen hat Papa Gretas kleine Schwester auf dem Arm. Armer Papa!

Fast alle Kinder, die hier hocken, sind ungefähr so alt wie Gretas kleine Schwester. Manno! Greta fühlt sich gar nicht wohl. Sie ist schon viel zu groß für das Kasperltheater. Das hat sie doch gewusst! Aber nun sitzt sie zwischen all den kleinen Mäusen – den Kindergartenkindern – auf dem Boden und schaut auf das kleine Papptheater, das da vorne aufgebaut ist. Ach … Theo ist auch in der Hütte und kriecht auf allen vieren an ihre Seite. Na schön.

Tri tra trullala … der Kasperl, der ist da. Er will wissen, ob die Kinder leise sein können.

»Jaaa!«

Und ob sie schon einen Weihnachtsbaum besorgt haben.

»Neiiin!«

Und dann erzählt er, dass er heute in den Wald gehen muss, um einen Tannenbaum zu schlagen.

Ach du Schreck … Greta fällt ein, dass sie zu Hause auch noch keinen Weihnachtsbaum haben! Das wird langsam allerhöchste Eisenbahn!

Der Kasperl da oben im winzigen Papptheater wirbelt mit seiner Zipfelmütze und hört und hört damit nicht auf. Ist er beschwipst und trallala im Kopf? Hat er zu viel Glühwein getrunken?

In diesem Moment schmeißt sich das Mädchen, das vor Greta auf dem Boden sitzt, lang hin und landet dabei auf ihrem Schoß. Die spinnt doch wohl!

Der Kasperl sagt, dass er nicht alleine in den Wald gehen will. Es könnte ja ein Krokodil kommen. Er möchte die Gretel mitnehmen. Wo ist sie denn?

»Da vorne!«, schreit Mathilda da hinten auf Papas Arm und zeigt mit der Hand auf ihre große Schwester. »Da vorne!«

Sie hat sich verhört. Gretel! Und nicht Greta! Mann, wie peinlich, weil sämtliche Kinder sich jetzt nach ihr umdrehen.

Der Kasperl hat nun alle um sich herum versammelt, den Seppl, die Großmutter und die Gretel.

»Und wo bleibt der Polizist?«, fragt der Kasperl die zuhörenden Kinder.

»Drausssen!«, brüllt Mathilda in voller Lautstärke. »Geh doch mal rausss!«

Greta blickt sich um. Mama gibt ihr ein Zeichen, dass sie vielleicht gehen sollten. Wahrscheinlich, weil die kleine Schwester alle stört.

Also rappelt Greta sich auf, und Theo sagt: »Ich komme mit.«

Na, dann komm mit.

Ach … vor dem Kasperltheater steht Gülay mit ihren Eltern. Gretas Freundin sieht bedröppelt aus. Denn wegen Überfüllung wurden sie gar nicht erst reingelassen.

Gülay hat nix verpasst!

Glühnasen

14 Brrr … bei der Kälte braucht der Mensch was Heißes zum Trinken! Überall in der Stadt, auf der Einkaufsstraße, auf dem Weihnachtsmarkt und auch vor den Gaststätten gibt es heiße Getränke. Lieber nur was Warmes, Mama! Wenn man was Heißes trinkt, kann man sich die Schnute verbrühen!

Papa stellt sich in die lange Schlange vor dem Glühweinstand. Glühwein? Da ist doch was drin, wovon man beschwipst wird! Oder sogar besoffen!

»Aber erst nach drei Bechern«, meint Papa.

Für Mathilda und Greta gibt es Apfelpunsch. Aus den Bechern strömt heißer Dampf. Lange, lange halten beide Kinder die Becher in den Händen. Sie haben ja Strickhandschuhe an. Da kommt die Hitze nicht durch. Pusten! Pusten! Pusten!

»Wann isss fertig?«, fragt Mathilda und sieht Mama an.

Mama probiert. »Jetzt«, sagt sie. Und Mama darf man glauben.

Lecker! Lecker!! Apfelpunsch ist toll!

Greta nimmt sich vor, auf Mama und Papa gut aufzupassen. Die beiden trinken nämlich Glühwein. Oh! Oh! Hoffentlich bleibt es bei einem Becher. Ihre Nasen fangen bereits an, rot zu glühen. Und drüben die Leute, die zusammenstehen und schnattern, haben ebenfalls Glühnasen. Alles auf dem Weihnachtsmarkt glüht: Der Wein, die Nasen, die Nikolaus-Zipfelmützen mit ihren Bimmelglöckchen und der Weihnachtsbaum mit seinen tausend, zweitausend, drei-, viertausend und mehr Lichtern. Aber bestimmt keine fünftausend mehr. Greta hat aufgehört, die Scherben unten am Baum zu zählen.

Und wo bleibt eigentlich Rudolph, das Rentier, das den Schlitten vom Weihnachtsmann zieht? Der hat doch auch eine Glühnase! Zu viel gesoffen?

Papa und Mama nippen zunächst nur an ihren Glühweinbechern. Sie sagen »huh« und »ha« und »hm«. Dann sind endlich die Becher leergetrunken. Jetzt haben beide sogar Glühbacken.

Am Nachbarstand gibt es leckere Sachen zu kaufen. Und zu essen! Mathilda möchte gerne an einer endlos langen grünen Weingummischlange lutschen und Greta wenigstens in eine Marzipankartoffel beißen.

Papa? Mama?

Die beiden sind heute gut drauf. Mathilda bekommt ihre

Schlange … iii! … und Greta sogar eine ganze Tüte voller Marzipankartoffeln. Sie schafft es nicht, alles sofort aufzuessen. Deshalb will sie großzügig sein und bietet ihrer kleinen Schwester was davon an. »Na, wer war ein braves Mädchen?«, fragt sie.

Und jetzt sollte man Mathilda mal sehen! In einer Hand hält sie die grüne Schlange, und mit der anderen zeigt sie: *Stopp!* »Nein«, ruft sie empört. »Das sagt doch nur der Nickelhausssisssi!«

Aha, aha.

Zur Melodie von *Fröhöhliche Weihnacht*, die von irgendwoher erklingt, wippt Papa auf seinen Füßen vor und zurück. Er hat heute gute Laune. Sehr, sehr gute Laune. Dann kann er ja mal mit ein bisschen Geld rausrücken. Für eine Runde auf dem Märchenkarussell. Dem mit den zwei Etagen.

Papa?

Er findet, dass die ganze Familie Karussell fahren könnte. Oder … Mama?

Mama guckt Papa komisch an. Sie kommt aber mit. Super, Mamileinchen!

Na, sieh mal an: Theo und Gülay sind auch da! Hoffentlich gibt es genug Platz für alle!

Jawohl!

Theo möchte auf der oberen Etage sitzen, auf einem braunen, wilden Präriepferd. Seine Mama fährt nicht mit. Man braucht ja jemanden, dem man vom Karussell aus zuwinken kann!

Greta und Gülay steigen in eine der goldenen Märchenkutschen. Da sind sie gut aufgehoben.

Papa und Mathilda suchen sich die Kürbiskutsche aus. Und Mama versucht, auf einen sich aufbäumenden Schimmel zu klettern. Das ist nicht einfach. Sie verfehlt den Tritt zweimal. Papa will ihr schon zu Hilfe kommen. Mama aber

hat sich jetzt an den Hals des schneeweißen Pferdes geklammert. Und die Fahrt geht bereits los! Mama! Mach, dass du raufkommst! Sonst kannst du alle Runden zu Fuß neben deinem Pferd herlaufen!

Nun hat sie es geschafft. Halt dich bloß an den Zügeln vom Schimmel fest, Mama!

Gülays Eltern schauen auch nur zu. Fein, dann haben Greta und ihre Freundin drei Leute, denen sie zuwinken können. Huhu! Huhu!

Die Pferde galoppieren, und die Kutschen rasen, dass die bunte Lichterwelt draußen nur so vorbeifliegt. Bitte nicht aufhören!

Aber irgendwann ist jede Reise leider zu Ende.

»Tschüs, Gülay!«

»Tschüs, Theo!«

Er will mit seiner Mama noch Strohsterne basteln. Echt, Theo?

Ist jetzt auch für Mathilda und Greta Schluss? Ab ins Bett?

Neihein!

Es riecht so gut. Der Duft leckerer Bratwürste steigt auch Mama und Papa in die Nase. Schon läuft ihnen das Wasser im Mund zusammen. Auch Greta und ihrer kleinen Schwester. Wetten? Obwohl der Bauch wegen der Marzipankartoffeln und der grünen Weingummischlange zum Platzen voll ist.

Bauchschmerzen?

Hat doch keiner!

Die Bratwürste sind mindestens einen Meter lang. »Vielleicht teilt ihr euch eine«, meint Mama zu Greta und Mathilda.

»Nein!«, rufen beide gleichzeitig aus, und Greta fügt hinzu: »Wir schaffen das.«

»Eigentlich kannst du nur für dich sprechen«, meint Papa.

Päpäpäpäpä.

Die Bratwürste ragen an beiden Seiten des Brötchens weit heraus. Mathilda schafft nicht, ihre Bratwurst aufzuessen. War doch klar! Sie streckt den Arm mit dem Brötchen und der fast noch einen ganzen Meter langen Bratwurst Papa hin. Da kommt laut bellend und kläffend ein kleiner Hund angeflitzt. Das ist doch … das ist doch wieder dieser Handtaschenhund, der Hund von Madame Apollinia, der hinter dem Kaninchenfell vom Weihnachtsmann her war! Der ist seinem Frauchen wohl entwischt und will sich eine Beute holen.

Wie Mathilda den Kläffer sieht, lässt sie vor lauter Schreck Brötchen und Bratwurst fallen. Zack … ist der Handtaschenhund zur Stelle und schnappt sich die Wurst. Sie hängt an beiden Seiten seiner Schnauze raus. Es sieht aus, als hätte er einen langen Schnurrbart. Und schon ist er fort. Jetzt kann er nicht mehr bellen!

Mathilda weiß nicht, ob sie heulen soll. Sie sieht Papa erschrocken an. Aber Papa ist wohl froh, dass er ihre Bratwurst nicht auch noch essen muss. Seine war nämlich sogar zwei Meter lang.

Alles grün!

15 Endlich kommen Papa und Mama drauf, dass es höchste Zeit ist, einen Weihnachtsbaum zu besorgen.

Der Platz, an dem die Bäume verkauft werden, liegt am Fluss und hinter dem mittelalterlichen Weihnachtsmarkt, aber noch vor der Eisbahn. Papa hat überlegt, ob sie nicht in den Wald fahren sollten, um selber einen Baum zu fällen. Doch da hat Mathilda protestiert: »Der Kasssperl hat doch alle Bäume gessslagen! Weisss ich genau! Und Koko…, Koko…«.

Krokodil, Mathilda!

»Und … Kokodil …«, brüllt Gretas kleine Schwester jetzt, »… Kokodil hat holfn!«

Ja, ja, und auch noch der Polizist und die Oma und der Seppl und …

Also laufen sie alle, Papa, Mama, Greta und Mathilda zum Weihnachtsbaumverkaufsplatz. Unterwegs treffen sie Frau Neumann, die mit Tschülli, ihrem kleinen Hund, spazieren geht … ganz langsam, denn sie kann ja nicht mehr flitzen. Und auch nicht mehr kilometerweit laufen. Aber ihr süßer kleiner Hund muss an die frische Luft. Er will die Bäume beschnuppern. Und was nicht noch alles so ein Hündchen draußen machen muss!

Frau Neumann japst ein bisschen. Ist ja klar, wenn man schon hundert Jahre alt ist. Oder achtzig. Manchmal auch bereits, wenn man erst siebzig Jahre alt ist.

»Viel Spaß beim Weihnachtsbaumkaufen«, sagt sie und will weiterlaufen.

Tschülli hat anscheinend keine Lust dazu. Immer wieder dreht er sich um.

Gretas kleine Schwester winkt ihm nach. »Bai-bai«, murmelt sie. Lernt man so was im Kindergarten? Bye-bye? Mann, Mathilda! Frau Neumanns Hund kann doch kein Englisch! Und zurückwinken kann er auch nicht.

Nun aber mal los. Bevor die Weihnachtsbäume noch ausverkauft sind.

Der Weihnachtsbaumverkaufsplatz sieht fast aus wie ein Tannenbaumwald. Aber hier ist im Moment nix groß los. Nur ein junger Mann, der die Bäume verkauft, steht gelangweilt herum und kaut an einem Streichholz. Und eine alte Oma ist zu sehen. Sie hockt auf einem Schemel, trägt fingerlose Handschuhe und strickt.

»Wasss machssst du da?«, fragt Mathilda die Tannenbaum-oma.

»Ich stricke«, antwortet die.

»Wasss ssstrickssst du?«, macht Mathilda weiter.

»Einen Schal.«

»Für wen?«

»Für jemanden.«

Das findet Mathilda logisch, und so hopst sie los, und zwar von Baum zu Baum.

Na, sieh mal an! Doch was los! Theo kommt mit seiner Mama aus dem Tannenbaumwald heraus. Hat er sich denn schon einen Baum ausgesucht?

»Den besten!«, behauptet Theo.

Mist!

Theos Mama trägt den Baum. Damit sie sich an den Nadeln nicht sticht, trägt sie Lederhandschuhe. Jetzt stellt sie die Tanne ab, damit sie alle bewundern können.

Pfff! Was für ein kleiner Zwerg der Baum ist!

»Na, du könntest deiner Mama doch beim Tragen helfen«, meint Gretas und Mathildas Papa.

»Geht nicht«, sagt Theo daraufhin und zeigt seine Hände. »Die Nadeln piksen doch.«

Kerle, Kerle … Theo hat schon wieder keine Handschuhe an!

»Nun«, sagt seine Mama. »Deswegen gibt es auch nur einen kleinen Baum, den ich allein schleppen kann.«

»Ein Bäumchen«, verbessert Greta und schaut ein bisschen verächtlich auf den Zwerg.

»Klein, aber große Klasse«, meint Theo, macht mit seiner rotgefrorenen Hand eine Faust und zeigt mit dem Daumen hoch. »Der ist top!«

Mathilda tänzelt um den Zwerg herum. »Güüün«, sagt sie. »Allesss güüün.«

Ja, was denn sonst?

Theos Mama hebt das Bäumchen wieder hoch. »Für uns reicht der«, sagt sie. »Und Theo will ihn ganz alleine schmücken. Und bei diesem Tannenbaum reicht er überall ran.«

»Bis an die Spitze«, stimmt Theo seiner Mama zu.

Pfff … Theo ist ja auch nur so ein Zwerg!

Mathilda ist inzwischen schon davon geflitzt und zwischen all den anderen Bäumen verschwunden, all den Riesen und den Zwergen, den dicken, den dünnen und den krummen

Tannenbäumen. Die gibt es nämlich auch. Aber wer will denn schon einen krummen Baum zu Weihnachten im Zimmer stehen haben?

Mathilda kommt zurück und nimmt Papa an die Hand, zieht ihn zu einem ganz bestimmten Baum. »Güüün!«, sagt sie. Dann marschiert sie mit Papa weiter, zum nächsten Baum. »Güüün!«

Macht ihr das Spaß, Grün zu suchen? Sie sieht aber ein wenig ärgerlich aus.

Greta und Mama haben bereits einen passenden Weihnachtsbaum ins Auge gefasst. Der ist natürlich auch grün und dazu noch groß und schön gerade. Er wird wunderbar aussehen, wenn er erst einmal im Wohnzimmer stehen wird. Sie bleiben an ihrem Baum stehen, bewachen ihn und warten, dass Papa und Mathilda zurückkommen.

Die kleine Schwester geht mit Papa an der Hand von Baum zu Baum. »Güüün!«, sagt sie wieder und wieder: »Güüün! Güüün! Güüün!«

Papa ist bereits genervt. »Alle Tannen sind grün, Schätzchen.«

»Ja«, bestätigt Greta und nickt. »Güüün.«

»Welchen wollen wir denn nehmen?«, fragt Papa ganz sanft.

Da holt die kleine Schwester tief Luft. »Kein! Nichtsss!«, brüllt sie. »Sssind alle güüün!«

Na und?

»Ich will bunt! Ein bunten Baum!«, schreit sie in voller Lautstärke. »Mit Hot und Gold und Gitsssersssstäään und Sssokoladenklocken!« Mit dem Fuß stampft sie sogar einmal heftig auf den Boden. »Ssso!«

Die Tannenbaumoma hat aufgehört zu stricken und schaut Mathilda missbilligend an. Der junge Mann grinst. Mathilda sieht ihn böse an und sagt: »Hassst du nicht.«

Mama und Papa erklären Gretas kleiner Schwester, dass sie den Baum selber schmücken werden, und zwar mit Rot und Gold und Glitzersternen.

»Und Sssokoladenklocken?«, fragt Mathilda mit schiefgelegtem Kopf.

»Klar«, verspricht Mama. Sie zeigt auf den Tannenbaum, den sie und Greta ausgesucht hatten. »Wollen wir den nehmen, Schätzchen?«, fragt sie.

»Güüün«, sagt Mathilda wieder, fügt aber hinzu: »Sssööön güüün.«

Na, hoffentlich fängt sie nicht wieder von vorne an!

»Den hab ich ausgesucht«, sagt Greta.

»Ich auch«, behauptet Mathilda, das Schätzchen.

Papa will den Baum, so wie er ist, nach Hause tragen. Werden die Tannennadeln ihn denn nicht piksen?

»Ich hab doch Handschuhe an«, meint Papa.

Na klar!

Dann kommen sie wieder an der Tannenbaumoma vorbei. Mathilda stoppt, stellt sich vor sie hin und fragt: »Wie heissst der denn?«

»Wer?« Die Oma weiß nicht, was Gretas kleine Schwester meint, strickt einfach weiter.

»Jemand!«

»Was du alles wissen willst!«

»Sssag mal!«

»Du meinst … für wen ich den Schal stricke?«

»Ja!«, brüllt Mathilda. »Für wen?«

»Na, für jemanden«, sagt die Oma. Dann hört sie einen Moment lang auf zu stricken. Schließlich sagt sie: »Für den Nikolaus«, und nimmt ihre Arbeit wieder auf.

Na, dass der Schal für den Nikolaus ist, nimmt ihr doch keiner ab. Nur Mathilda ist zufrieden mit der Antwort.

»Aha«, sagt sie und marschiert ganz zufrieden vorneweg nach Hause.

Das Glückslos

16 Theo behauptet, er hat einen Glücksengel gesehen.

»So was gibt es nicht«, meint Greta.

»Doch!«

»Wie sieht er denn aus?«, will sie wissen.

»Schön«, sagt er.

»Wie …?«

»Na eben … schön«, wiederholt er.

Und wo soll das gewesen sein?

»Ich war mit meiner Mutter im Elektrogeschäft.«

Na und? Muss man Theo denn alles aus der Nase ziehen?

»Die Fernbedienung hatte keine Batterie mehr!«

Weil Greta immer noch nicht weiß, was das mit einem Glücksengel zu tun hat, macht Theo schließlich doch weiter.

»Die Fernbedienung von meinem roten Ferrari hatte keinen Saft mehr, und da waren wir …«

Okay … im Elektrogeschäft.

Ach so … Theo *hat* also schon einen Ferrari. Warum hat er sich dann noch einen gewünscht, damals im Kindertheater, als er Dornröschen war? Theo hat Ferraris wohl sehr gerne!

»Der Glücksengel stand vor dem Geschäft und verteilte Glückslose. So war das.«

Ey … Glückslose? »Mit was zu gewinnen?«, will Greta wissen.

»Logo.«

»Woher willst du denn wissen, ob der Glücksengel tatsächlich ein Engel war?«

»Weil er ein langes weißes Kleid trug und ein silbernes … was da oben auf dem Kopf, und überall war Glitzer.« Dann kann es auch die Schneekönigin gewesen

sein. Und bei der muss man aufpassen! Die ist nämlich eine gefährliche blöde Ziege. Sie kann Herzen erfrieren lassen. Und wenn das Herz aus Eis ist, dann ist auch der ganze Mensch eiskalt. Kennt Theo die Geschichte denn nicht?

»Doch, doch«, sagt er, als Greta ihm das im Schnelldurchlauf berichtet hat, und kratzt sich am Kopf.

Er kennt die Geschichte nicht!

Greta kennt sie, das Märchen von dem Teufel, der schuld daran ist, dass das Böse in die Welt kam. Und dann die Sache mit der Schneekönigin, die eiskalt Küsse verteilt. Und dann …

»Und dann … was?«, fragt Theo.

»So gut wie tot«, meint Greta. Wenigstens so ähnlich. Soll Theo doch mal selber nachlesen.

»Hat dich die Schneekönigin vielleicht geküsst?«, fragt sie vorsichtshalber nach.

»Nee!« Fast brüllt Theo. Mit den Händen macht er eine abwehrende Bewegung in Richtung Greta. »Iiiii!«

Greta würde Theo auch nicht küssen. Nie im Leben!

»Woher weißt du denn, dass das nicht die Schneekönigin, sondern ein Glücksengel war?«, fragt sie. Vielleicht ist aber auch alles erstunken und erlogen.

»Stand doch auf ihrem Kleid«, sagt Theo. »Hintendrauf, da, wo die Fußballer auch immer ihren Namen auf dem Trikot tragen.«

Ach so! Wo *Messi* draufsteht, ist auch *Messi* drin … oder was? Wo *Pelé* draufsteht, ist auch *Pelé* drin. Wo *Ronaldo* draufsteht, ist auch *Ronaldo* drin. Wo *Glücksengel* draufsteht, …

»Ich habe jedenfalls von ihr ein Glückslos geschenkt bekommen«, berichtet Theo weiter. »Mit einer Nummer drauf.«

»Einfach so?«

»Einfach so. Und zu Weihnachten gibt es einen Gewinn. Wenn man Glück hat.«

Echt?

»Vielleicht gewinne ich einen Ferrari.«

»Ich denke, du hast schon einen.«

»Ich kann noch einen gebrauchen. Ferraris kann man nie genug haben.«

Na, dann soll er mal die Daumen drücken. Greta würde gerne Blink-Blink-Schuhe gewinnen. Blink-Blink-Schuhe kann man auch nie genug haben.

Aber Theo weiß auch nicht, was es zu gewinnen gibt.

Abends zeigt Papa der ganzen Familie, dass ihm eine nette Frau ein Glückslos geschenkt hat.

»Will ich haben«, sagt Mathilda, die mit ihrem Teddy im Arm angeflitzt kommt. Sie grapscht auch sofort nach dem Los.

Finger weg!

»Warst du im Elektrogeschäft?«, will Greta wissen.

»Woher …«, beginnt Papa.

Tja, Greta kann eben Gedanken lesen. »Bestimmt war deine Batterie leer, Papa.«

Papas Batterie? Nee, die ist niemals leer.

»Meine Fernbedienung …«, beginnt Papa.

Greta hat sich so was schon gedacht. Jetzt muss sie mal nachhaken, ob Papa weiß, wer die Frau gewesen ist.

»Hatte sie ein weißes Kleid an? Mit Glitzer und so?«

»Könnte sein«, meint Papa.

»Hat sie dich geküsst?«

»Wie kommst du denn auf so was?«

»Wenn es die Schneekönigin war, dann hätte sie dich geküsst. Wenn nicht …«

»Mich hat heute noch keiner geküsst«, behauptet Papa und fügt hinzu: »Nicht mal Mama.«

Mama zieht die Augenbrauen hoch, und Mathilda muss natürlich zu Papa hinlaufen und ihm ein Küsschen auf die Backe drücken.

»Hast du denn mal auf den Rücken der Frau geguckt?«, macht Greta weiter.

»Wozu das denn?«

»Weil … wo *Ronaldo* draufsteht, ist auch *Ronaldo* drin, und wo …« Was war das noch alles?

Papa schüttelt nur den Kopf.

Mama guckt sich jetzt das Glückslos an. Da ist ein goldener Weihnachtsstern drauf zu sehen, eine Glücksnummer und die Aufschrift:

»So ist es«, brummt Mama und lässt Mathilda ruhig wieder nach dem Glückslos grapschen. »Fürs Glück … dafür brauchen wir kein Los.«

»Aber wir könnten vielleicht einen Ferrari gewinnen!«, protestiert Greta. Keiner in der Familie hat einen. Weder einen großen noch einen kleinen. Obwohl … so ein kleiner roter wäre ja nicht schlecht. Oder doch lieber … ein Glubschi? Am liebsten Blink-Blink-Schuhe! Und am allerallerliebsten einen Hund. So einen, wie Frau Neumann ihn hat. Von dem weiß Greta ja, dass er lieb ist. Sehr, sehr lieb.

Wo ist das Glückslos eigentlich geblieben? Mathilda hatte

es als Letzte in den Händen gehabt. Jetzt ist es futsch. Gretas kleine Schwester hat es verkramt. Unter den Teppich geschoben? Ihrem Teddy zu fressen gegeben? Oder was?

»Lasst gut sein«, meint Mama. »Es ist genug Glück, dass wir uns haben.«

»Und dass wir gesund sind«, meint Papa noch.

Ja, ja … und Friede, Freude und … was war das noch? … Marzipankartoffeln.

Didel, dudel, schrumm, schrumm, schrumm

17 Mama grübelt und grübelt. Was für ein Problem hat sie?

»Ich überlege, was wir zu Weihnachten essen sollen.«

»Kartoffelsalat und Würstchen«, schlägt Greta vor.

»Das ist doch nichts Besonderes.« Mama winkt ab.

»Zwei Würstchen«, meint Greta dann.

»Ich auch!«, ruft Mathilda.

Manno, sie will ihrer großen Schwester immer alles nachmachen. Das nervt!

Papa meint, dass ein Karpfen doch ein echtes Weihnachtsessen wäre. Ein Fisch?

»Den können wir in der Badewanne schwimmen lassen, bis …«

Bis was, Papa?

Aber er antwortet nicht, und Mama meint, dass nicht jeder Fisch mag. Zum Beispiel Greta. Doch, doch, Mama … Fischstäbchen sind lecker.

Aber toll ist die Idee mit dem Karpfen nicht. Denn wenn Greta auf dem Klo sitzt, würde der große Fisch in der Wanne sie immer anschauen. Nee, nee, nee, nee, nee.

»Oder Hühnchen«, schlägt Mama weiter vor.

»Och …« Papa ist nicht gerade begeistert. »Das gibt es bei uns doch oft.«

Zum Beispiel mittwochs oder montags oder auch sonntags. Deswegen ist das nichts Besonderes und eben auch kein Weihnachtsessen.

»Ich wäre für Gans«, meint Papa. »Gänsebraten.«

»Gansss?«, fragt Mathilda und sieht aus, als würde sie scharf nachdenken. Als ob sie sich eine Gans nicht vorstellen kann.

»Federvieh«, sagt Papa. »Hühner, Gänse, Enten … alles Federvieh.«

Und Schwan, Papa!

»Die Gans muss ich bestellen«, sagt Mama. »Kurz vor Weihnachten wird die nämlich ausverkauft sein.«

Na und? Dann gäbe es eben Kartoffelsalat und Würstchen.

Wie viele Tage sind es denn noch bis Weihnachten?

Einige. Bis dahin ist noch viel los.

Toll: Mama hat nicht nur eine Gans bestellt, sie hat auch noch Karten für die Kinderoper besorgt. Ist das nicht … didel, dudel, schrumm, schrumm, schrumm? Kann man das denn aushalten? Jedenfalls bekommt Greta bereits ein feierliches Gefühl, als sie ihre Mäntel in der Garderobe abgegeben haben und über den weichen Teppich in der Halle laufen. Mathilda schaut mit flehendem Blick auf die Brezel und die Schokomuffins, die es dort zu kaufen gibt. Nichts da!

Greta überlegt, ob die hellen Krisselkrasselkrissel auf dem blauen Teppich Würmer sein sollen. Wer hat sich denn so ein Muster ausgedacht?

Irgendwo macht es nun *plopp-plopp*. Kommt vom Brezelstand her. Die Sektkorken knallen, und Papa meint: »Das fängt ja gut an!«

Ja! Aber Sekt gibt es erst für Kinder über achtzehn!!!

Mama und Papa sind schon über achtzehn.

Jedenfalls sitzen sie endlich im Saal schon mal gut … oben … erste Reihe. Mathilda hat zwei Sitzkissen bekommen, ein blaues und ein rotes. Jetzt hockt sie dort wie eine Kissenkönigin.

Greta schaut über das Geländer runter auf die Bühne. Dort steht ein geschmückter Weihnachtsbaum. Und es gibt noch mehr zu sehen: Musikerstühle für das … didel, dudel, schrumm, schrumm, schrumm.

Und nicht zu übersehen ist auch ein großes Onkel-Fritze-Bett. Weißbezogen und mit hellblauen Kuschelkissen.

Geht's jetzt los? Da kommen schon die Musiker, die den

ganzen Abend lang didel, dudel machen … didel, dudel, schrumm, schrumm, schrumm.

Und Onkel Fritze kommt, aber ohne Nachthemd und Zipfelmütze, dafür mit Mantel und Hut. Was schleppt der denn da mit sich?

Ein Stück Federvieh! Ach so, das soll wohl eine Gans sein. Weil das Federvieh zu Weihnachten ja immer eine Gans ist. Und sie schnattert sogar, die Schnattergans … schnatteriii, schnatteraaa …

Hups, jetzt kommen Leute an, die in derselben Reihe sitzen wollen und sich an Greta vorbeidrängen. Mann! Mit den

Popos dicht vor ihrer Nase! Geht das nicht auch andersherum? Ist Bauch vor der Nase denn besser als Popo vor der Nase?

Ein bisschen.

Onkel Fritze hat Hut und Mantel abgelegt, die Musiker haben aufgehört zu dideln und zu dudeln.

Der Onkel liest was vor. Die Geschichte von einer Weihnachtsgans, die gerupft wurde und der man einen Pullover stricken musste, damit sie nicht fror.

Ach, *die* Geschichte!

Onkel Fritze hat nun sogar ein Nachthemd an und eine Zipfelmütze auf dem Kopf. Er legt sich mit dem Federvieh ins Bett:

Bald zu Bett geht Onkel Fritze
in der spitzen Zipfelmütze.

Mathilda gähnt, als sie das sieht. Und Greta gähnt, als sie ihre kleine Schwester gähnen sieht. Und Papa hält sich auch schon die Hand vor den Mund.

Doch die Käfer – kritze, kratze!
kommen schnell aus der Matratze.

Nein, nein, nein Greta! Das ist eine andere Geschichte!

Jetzt ist Onkel Fritze wieder wach. Er schleppt die Gans, die friert, in die Speisekammer. Was macht er mit ihr?

Zeig doch mal!

Zeigt er nicht.

Aber der Gans – jetzt ohne Federn – geht es gut. Sagt der Onkel. Dann fragt er, ob man Kinder belügen darf?

Alle Kinder im Saal brüllen: »Nein!!!«, so laut, dass Greta und Mathilda das Gähnen vergeht.

Onkel Fritze macht mit der Lügenfragerei weiter: »Vielleicht nur zu Weihnachten?«

»Nein!!!«

»Vielleicht zu Ostern?«

Einer im Saal ruft: »Ja!«

Welcher Blödmann war denn das?

Wie geht denn die Geschichte von der Schnattergans aus?

Nein, aus ihr wird kein Gänsebraten. Sie schnattert immer noch. Das ist gut! Und die Musiker machen das letzte Mal didel, dudel, schrumm, schrumm, schrumm.

Bevor es draußen in der Eingangshalle für die Kinder Schokomuffins gibt und die Sektkorken wieder knallen, fragt Greta: »Hast du den Gänsebraten … öh … die Gans schon bestellt, Mama?«

Mama nickt.

»Kannst du die wieder abbestellen?«

Mama guckt Papa an, und Papa guckt Mama an. Die können miteinander reden, ohne zu sprechen!

Mama sagt: »Kann ich.«

Dann mach mal! Und Papa meint: »Kartoffelsalat und Würstchen … das geht doch auch schon mal zu Weihnachten.«

»Lecker!«, ruft die schokoverschmierte Mathilda.

Greta muss nachdenken. »Was ist denn in den Würstchen drin?«, fragt sie schließlich.

Mama und Papa schauen sich wieder so komisch an. Und dann sagt Mama ganz schnell: »Wurst.«

Dann ist ja gut.

Der Mohrrübenmann

18 Der Mohrrübenmann steht bei Gabi. Die Gabi ist Mamas Friseurin, und Mama will ihr Haar vor dem Weihnachtsfest schönmachen lassen. Greta und Mathilda gehen mit. Es ist nicht klar, ob die Gabi Spaß macht oder ihnen beiden tatsächlich eines Tages die Haare schneiden will. Davor haben sie Angst. Beide sehen die Schnippschnappschere immer misstrauisch an.

Bis zur Gabi ist es nicht weit. Die Musik vom Weihnachtsmarkt dringt bis in den Friseursalon hinein.

»Na, wer von euch will sich denn heute die Haare schneiden lassen?«, fragt die Gabi.

»Niemand!«, rufen Greta und Mathilda wie im Chor.

»Ich!«, sagt Mama.

Okay. Die Kinder passen auf, dass Gabi der Mama nicht eine Glatze schneidet.

Der Friseursalon ist weihnachtlich mit Tannengrün und

großen und kleinen Glitzersternen geschmückt. Auf dem Tischchen, vor dem Mama die Haare geschnitten und gehuschwuschelt werden, hat die Gabi einen kleinen dicken Weihnachtsmann mit Brille und silbernem Engelshaar hingestellt.

Und jetzt hat Mathilda den Mohrrübenmann entdeckt. Er ist genauso groß wie sie und aus weißer Kuschelwolle gemacht. Um den Hals hat er einen roten Schal umgebunden. Er trägt auch rote Handschuhe und einen schwarzen Schlapphut. Man soll wohl denken, dass er ein Schneemann ist. Aber da er nicht aus Schnee ist, ist er der Mohrrübenmann. Denn mitten im Gesicht, über seinem breit grinsenden Mund, steckt eine Mohrrübe. Eine Himmelfahrtskarottennase!

Mathilda stellt sich ganz nah vor den Mohrrübenmann. »Das ist Norbert«, sagt die Gabi. »Und wer ihn anfasst, der bekommt von mir die Haare geschnitten.«

Greta setzt sich weit weg vom Mohrrübenmann in Gabis himmelblauen Schaukelstuhl. Mathilda tut nichts. Sie bleibt einfach stocksteif vor Norbert stehen und glotzt ihm ins Gesicht. Mama versucht ihren Kopf zu drehen, aber die Gabi sagt: »Still sitzen bleiben! Sonst schneide ich dir noch ein Ohr ab.« Na, das wollen wir doch nicht! Bei der Gabi muss man gehorchen!

»Schätzchen …«, beginnt Mama. Wenn Mama das so lang-

sam und wie eine Frage sagt, dann hat sie eine Ahnung, dass was passieren könnte. Unruhig schaukelt Greta in ihrem Stuhl vor und zurück, immer und immer wieder.

Mathilda steht wie angewurzelt vor dem Mohrrübenmann. Und dann beugt sie sich ruckartig vor und beißt dem Kerl in seine Mohrrübennase.

Die Nase von Norbert ist jedoch keine echte Mohrrübe, sondern nur aus Stoff genäht. Sie steckt nun in Mathildas Mund. Erst jetzt merkt Gretas kleine Schwester, dass sie nicht in eine Karotte gebissen hat, sondern in rotorangen Filz. »Pppffflllsss«, macht sie und spuckt die Nase im hohen Bogen aus. Sie fügt noch hinzu: »Iiiii, bääähhh!«

Kommt die Gabi jetzt mit der Schnippschnappschere an? Sie hat ja damit gedroht.

Nein, nein, sie lacht sich kaputt und sagt: »Geschieht dir

recht.« Seufzend bückt sie sich. »Jedenfalls bist du noch heil geblieben«, sagt sie zur Nase.

Man kann doch gar nicht mit Nasen reden! Und auch nicht mit Norbert, dem Mohrrübenmann.

»Ich hole nachher Faden und Nadel«, sagt die Gabi. »Die Nase muss ich fester annähen, damit so was nicht noch mal passiert.«

Der Norbert kann froh sein, dass er die Nase wiederbekommt. Und die Kinder darüber, dass Gabi nicht mit der Schnippschnappschere gekommen ist.

Mama ist bei der Gabi auch nichts passiert.

»Wie seh ich aus?«, fragt sie die Kinder, als ihre Haare fertig gewaschen, geschnitten und gehuschwuschelt sind.

»Schön!«, rufen Greta und Mathilda gleichzeitig. »Sssööön!«

Mama sieht gut aus. Und jetzt könnte Weihnachten eigentlich beginnen.

Winterzauber

19 Theo erzählt, dass es zu Weihnachten einige Eisbahnen in der Stadt gibt.

»Hab ich in der Zeitung gelesen«, behauptet er.

Seit wann liest Theo denn Zeitung?

»Meine Mama liest Zeitung«, sagt er.

Na, das ist aber doch ein Unterschied!

Weiß er denn, wo es die Eisbahnen gibt, auf denen man vielleicht Schlittschuh laufen könnte?

»Hier und da«, meint er.

Was soll das heißen?

»Na … auf dem Dach vom Kaufhaus und mitten auf dem Dingsda-Bumsda-Platz und am Fluss und sowieso in der Eislaufhalle. Und am Samstag gehe ich mit meiner Mama hin«, berichtet Theo. »Schlittschuh laufen.«

»Kannst du das denn?«, fragt Greta.

»Na klar.«

Greta berichtet das sofort ihren Eltern. Sie hat noch nie auf Schlittschuhen gestanden, sie würde aber gerne.

Mathilda behauptet, dass sie Schlittschuh laufen kann.

Woher denn?

»Hab ich sssehn«, sagt sie. »Plumpsssi Pinguin hat immer Ssslittsssuhe an. « Aha … eine Kindergartengeschichte.

»Und deshalb weißt du, wie das geht?«, will Greta wissen.

»Jaha.« Die kleine Schwester spinnt.

So geht es am Samstag zur Eisbahn, zu der am Dingsda-Bumsda-Platz. Dort können sogar passende Schlittschuhe ausgeliehen werden.

Papa sagt, dass er früher Schlittschuh laufen konnte. Boah! »Für Anfänger gibt es bestimmt Plastikpinguine auf der Eisbahn«, meint er.

Aha.

Am Samstagnachmittag treffen sich alle an der Schlittschuhbahn. Das Eis glitzert wie hunderttausend Schneesterne. Der Himmel ist blau, und die Luft flimmert. Es ist knirschend kalt. Eiskristalle überziehen Bäume, Straßenlaternen und Metallgitter. Schön! Der reinste Winterzauber!

Theo flitzt bereits auf der Eisbahn herum, als wäre er Eislaufweltmeister. Greta könnte fast neidisch werden.

Mama berichtet, dass sie früher auch Schlittschuh laufen konnte. Sie meint, das kann man nicht verlernen.

Greta und Mathilda stehen in ihren geliehenen Schlittschuhen unsicher auf dem Eis. Beide an der Hand von Mama und Papa. Hilflos schauen sie Theo nach.

Aber keine Angst! Große und kleine Eisbären helfen bei den ersten Schritten. Keine Pinguine!

Die Bären haben Skier unter die Pfoten geschnallt bekommen. Und sie haben dicke Hintern. Um ihren Hals sind kunterbunte Schals gewickelt, und auf ihrer Nase sitzen Sonnenbrillen! Ein großer Bär ist für Mama und Mathilda da, und mit dem kleinen soll Greta Schlittschuh laufen lernen.

Theo gibt ganz schön an, dreht eine Runde nach der anderen. Pfff!

Mama schiebt den großen Bären an. Mathilda hält sich an einer Querstange fest, die vor dem Bauch vom Bären befestigt ist. Der Bär rutscht übers Eis und Mathilda auf den Knien ihm nach.

Mama lacht.

Mathilda ist wütend. Sie hängt an der Stange und lässt sie nicht los. So schafft sie es im Leben nicht, sich wieder aufzurappeln!

Papa hat nach ein paar holprigen Schritten den Bogen wieder raus und saust über die Eisfläche. Nichts verlernt!

Aber Greta! Sie ist mit ihrem kleinen Bären ganz allein gelassen. Und der blöde Eislaufweltmeister Theo umrundet sie auf seinen Schlittschuhen, als wäre er bereits damit auf die Welt gekommen.

Zu doof!

Aber nur Mut! Und nun mal los, Brummibär!

Greta klammert sich mit ihren Händen an die Haltestange. Oje … der Bär läuft schneller, als sich ihre Füße bewegen. Greta ist noch hier, und Brummi ist schon dort. Nun hängt sie auch an der Stange. Beine und Bauch liegen auf dem Eis. Greta versucht aufzustehen. Doch bei jeder Bewegung rutscht der Bär weiter vor.

Haltestange loslassen!

Da haut Brummi ab. Greta liegt platt auf dem Eis. Die Beine gehorchen ihr nicht mehr. Das Eis ist spiegelglatt. Sie stützt sich mit den Händen ab, um hochzukommen. Mist … ihre Füße rutschen immer wieder weg.

Papa will zu Hilfe kommen.

»Lass mich!«, knurrt Greta grimmig. »Ich schaff das schon allein!«

Schließlich greift sie doch nach seiner Hand und richtet sich auf. Und wieder und wieder machen die Beine, was sie wollen.

Greta hält Papas Hand fest. Mit dem anderen Arm rudert sie in der Luft herum. Ihre Beine schlittern hin und her. Wehe, es lacht einer über sie!

Da kommt Theo angeflitzt. Mit einem knirschenden Geräusch bremst er genau vor Greta ab. Sag jetzt bloß nichts Blödes, Mann!

Theo sagt: »Genauso hat es bei mir auch angefangen.«

Ehrlich?

»Das wird schon«, fügt er hinzu. »Einfach machen.«

Leichter gesagt als getan, Theo!

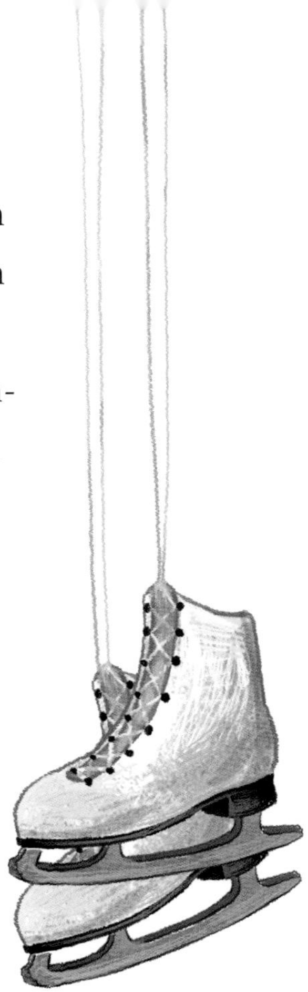

Weihnachtszirkus

20 Der Zirkus ist in der Stadt! Der Zirkus ist in der Stadt! Ob Greta Mama und Papa überreden kann, mit ihr und der kleinen Schwester hinzugehen?

»Das wäre zu überlegen«, meint Papa.

Überleg mal! Aber schnell! Bevor der Zirkus weiterzieht.

Mama schlägt vor, Theo mitzunehmen. »Er ist doch dein Freund«, sagt sie zu Greta.

Wenn sie meint!

»Theo ist mein Freund!«, kräht Mathilda.

Geschenkt!

Greta musste Theo nicht dreimal bitten mitzugehen. Der hatte seine Jacke schon an, bevor sie mit der Einladung fertig war.

»Bitte warm anziehen!«, mahnt Mama.

Greta zieht aber schicke Klamotten an. Weil die Zirkusleute ja auch immer Glanz und Glitzer tragen!

Sie hat sich für ihren blauen Pulli mit dem roten Herzen aus Wendepailletten entschieden. Wenn sie über die Pailletten streicht, drehen sie sich um und das Herz wird silbern. Toll!

Das Zirkuszelt ist proppenvoll mit Zuschauern. Anscheinend ist die ganze Stadt auf den Beinen, um die Vorstellung zu sehen. Ist ja wie Popcornkino! Ja! Weil es hier auch massenhaft Popcorn zu kaufen gibt!

Mama besorgt die Eintrittskarten. Super Sitze! Ganz vorne, direkt vor der Manege, die nur durch ein rundum angebrachtes niedriges Podest von den Zuschauerplätzen abgetrennt ist. Super Sicht! Wow!

Oh … sie verkaufen hier tolle bunte Drehlichtdinger! Mathilda schaut sehnsüchtig hin.

»Nein, nein, nein«, sagt Mama. Sie kann Gedanken lesen.

»Hast du auch Geld dabei?«, fragt Greta Papa.

»Nein, nein, nein«, sagt er und schüttelt heftig den Kopf.

Was meint er? Kein Geld oder keine bunten Drehlichtdinger? Das läuft aber beides auf das Gleiche hinaus. Und Popcorn bekommen sie auch nicht. Das ist blöd. Hinter ihnen und neben ihnen knistert und knuspert es in einer Tour. Weil alle Leute Popcorn gekauft haben! Nur Papa und Mama haben sich strikt geweigert. Hach!

Ah … schon werden die Lichter im Zelt gedämpfter, und

der Zirkusdirektor kommt in die Manege. Schwarze Hose, rote Jacke.

Der Zirkusdirektor singt ein Weihnachtslied … auf Englisch:

Jingle bells, jingle bells
Jingle all the way,

Mama singt leise mit:

Oh, what fun it is to ride
In a one horse open sleigh, hey.

Und erst danach geht es richtig los … mit einer spanischen Tanzmarie, einer Glitzerdame auf einem Schimmelpferd und …

… und dann kommen sechs schwarze Pferde angaloppiert. Sie rasen in der Manege herum … hier drei … dort drei … und jetzt richten sie sich auf, genau vor Greta, Mathilda, Mama, Papa und Theo. Mit den Vorderbeinen stellen sie sich auf den erhöhten Rand der Manege. Sie sind riesig … gigantisch große schwarze Bellos! Zum Fürchten groß.

Jawohl … Greta hat Schiss, ihr Herz klopft heftig gegen die Rippen, und ihr Atem stockt. Mathilda birgt ihren Kopf in Mamas Schoß. Theo hält sich auch schon seinen Arm vor die Augen.

Huhhh … endlich ziehen die schwarzen Bellos ab, und weiße Pferde flitzen in die Runde. Eines lässt Pferdeäpfel fallen. Greta sieht das ganz genau! Applaus brandet auf. Wegen der Pferdeäpfel? Oder hat Greta inzwischen was verpasst?

Jetzt kommt der Clown. Zunächst jongliert er mit Eiern. Eines fällt mit einem großen Rabumm auf seinen Kopf und zerspringt. Na, das ist vielleicht eine Schweinerei!

»Das kann ich auch«, sagt Theo.

Dann lässt der Clown Pizzas, Pizzen oder Pizze – oder wie auch immer – auf seinem Zeigefinger kreisen.

»Das kann ich auch«, sagt Theo.

Ja, du kannst auch in der Nase bohren!

Nach dem Clown kommt der Luftsprungmann. Er trägt nur eine Sporthose und turnt mit nacktem Oberkörper. Jetzt tanzt er auf dem Seil und macht – na klar – Luftsprünge, und landet immer und immer wieder auf dem Seil.

Mathilda guckt begeistert und mit offenem Mund zu. »Kannssst du auch, Papa?«, fragt sie.

»Sicher«, behauptet er.

Ehrlich, Papa?

»Ich kann auch mein Hemd ausziehen«, sagt er.

Ach, Papa!

Nach dem Luftsprungmann kommen die Schlangenmädchen, die sich fast die Beine ausreißen, und danach die hoch in der Luft fliegenden Sausebrauseakrobaten. Na, wenn das mal gutgeht!

Es geht gut. Und danach ist Pause.

Theo flitzt mit vielen anderen Kindern über das Podest in die Manege. Auch Mathilda krabbelt rüber (muss sie ihm alles nachmachen?) und hopst durch die Sägespäne, die dort meterhoch liegen! Zentimeterhoch! Glaubt sie, dass sie jetzt ein Pferd ist? Und denkt sie nicht an die Pferdeäpfel? Soll Greta sie davor beschützen?

Okay!

Auch Greta klettert über den Manegenrand und flitzt mit Mathilda an der Hand durch die Sägespäne. Aber weit weg von der Stelle, wo das weiße Pferd die Äpfel fallen gelassen hat.

Ende der Pause!

Hilfe! Der Clown kommt wieder. Zunächst stolpert er über ein Seil.

Das kann Theo auch!

Nun jongliert er mit drei Kugeln und lässt sie immer wieder fallen.

Das kann Theo auch!

Dann steigt der Clown auf das Randpodest der Manege und lässt seine Augen über die Zuschauer wandern. Als ob er was sucht.

Er hat Theo gesucht! Und winkt ihn herbei!

Und was macht Theo?

Grinsend erhebt er sich und klettert ebenfalls hoch. Und dann geht er tatsächlich mit dem Clown mitten in die Manege … oh, oh, oh.

Der Clown hat zwei Wasserflaschen dabei. Eine ist für Theo, und eine braucht er selber.

Flasche öffnen!

Das kann Theo auch.

Einen Schluck Wasser nehmen!

Das kann Theo auch.

Bei *eins, zwei, drei* … Wasser im hohen Bogen auf die Zuschauer spritzen. Kapiert? Der Clown zeigt *eins, zwei, drei* mit den Fingern. Das versteht doch jeder Dussel.

Theo aber kann nicht bis drei zählen und prustet bereits bei *eins* die Leute nass.

Dummkopf!

Aber dann! Endlich hat er verstanden, dass er die Anweisungen vom Zirkusclown genau befolgen muss. Zum Beispiel … sich Wasser ins Ohr schütten und es durch den Mund wieder im hohen Bogen ausspucken.

Theo kann das! Respekt!

Mathilda findet das, was Theo macht, super und applaudiert heftig. So lange, bis Theo wieder Platz nehmen darf und ihr die Hände vom Klatschen weh tun.

Wie geht es weiter?

Ach, die Klettermädchen kommen und krabbeln die Strickleiter hoch, wo sie dann hoch im Himmel auf einer Schaukel ihre Kunststücke vorführen.

»Das kann ich auch«, behauptet Theo schon wieder.

Ja, auf der Babyschaukel vom Spielplatz!

Ach … wenn sie groß sind … dann wird Theo bestimmt ein Zirkusclown, Mathilda ein Zirkuspferd, Greta aber eine Zirkusprinzessin.

Als alle schließlich das Zirkuszelt verlassen, liegt das ganze Popcornkrümelzeug der vielen Zuschauer auf dem Boden. Wer macht das nachher bloß weg?

Ach so … der Zirkusdirektor. Bei Greta und Mathilda zu Hause schwingt ja auch Papa den Staubsauger und scheucht dabei alle aus dem Weg.

Der singende Weihnachtsbaum

21 Theo weiß alles. Aber nicht immer.

Ob er lügt, als er Greta erzählt, dass es in einer Kirche in ihrer Stadt einen Weihnachtsbaum geben soll, der singen kann?

»Nein!«, ruft Theo fast beleidigt aus. »Ich lüge doch nie!«

Wer's glaubt …

Gretas und Mathildas Papa ist neugierig geworden. Und er stolpert tatsächlich in der Zeitung über eine Information zum singenden Weihnachtsbaum. Ahhh!

»Das will ich sehen«, sagt Greta.

»Ich auch!!!« Das ist Mathilda. Was mischt sich denn diese kleine Maus überhaupt ein? Obwohl … ohne Mathilda geht sowieso nichts in der Familie.

Alle, aber auch fast alle Leute, die Greta kennt, haben sich durch Regen, Schneegriesel und Wind in der Kirche eingefunden. Und auch alle Leute, die sie nicht kennt.

Es ist gerammelt voll. Wie viele kleine Mäuse hier sind! Und wie viele klitzekleine Mäuse! Noch klitzeklitzekleinere als Mathilda! Greta und ihre Familie können von Glück sagen, dass sie überhaupt Platz in einer Kirchenbank finden. Und ist das da drüben auf der anderen Seite nicht Theo mit seiner Mama? Wieso haben die denn einen Platz weiter vorne bekommen?

Jetzt sieht sich Theo auch um. Er hat Greta entdeckt, streckt die Zunge raus und dreht ihr eine lange Nase. Pfff! Nur weil er einen Platz drei Reihen vor ihr ergattert hat?

Wie sieht es hier denn überhaupt aus? An den Seitenwänden erstrahlt rotes und grünes Licht. Schon klar … rot und grün gehört unbedingt zu Weihnachten!

Ganz vorne im Kirchenschiff hängt ein grüner Vorhang. Dahinter wird wohl der Weihnachtsbaum stehen, der angeblich singen kann. Angeblich! Und drüber – bis in den Himmel hinein – schwingt sich ein knallgrüner Regenbogen.

Wann geht's los?

Hups … plötzlich wird es stockdunkel. Alle Lichter sind verloschen. Greta kann nicht einmal mehr die Hand vor den Augen sehen. Und der grüne Vorhang ganz vorne ist jetzt ebenfalls schwarz.

Es ist mucksmäuschenstill. Aber dann! Dann heult das erste Kind los, eines der klitzeklitzekleinsten Kinder – ein

Baby! Und nun folgt das zweite und das dritte kleine Kind und so weiter und so weiter, bis es bestimmt dreiundfünfzig Kinder sind, die bitterlich weinen.

Nicht aber Mathilda!

Oh, oh … Greta kann Musik hören! Erst ganz leise, dann schon ein wenig lauter. Das dreiundfünfzigste Kind hört auf zu weinen, auch das zweiundfünfzigste und schließlich auch das dritte und das zweite Kind. Nur das Baby heult weiter. Gib ihm doch einen Schnuller!

Plötzlich geht der schwarze Vorhang, der vorher grün war, auf. Riesengroß erhebt sich weit vorne eine blinkende

Lichterpyramide. Mehr kann man noch nicht sehen. Das soll der Weihnachtsbaum sein? Jedenfalls singt er schon mal … *halleluja*.

Mehr Licht bitte!

Ahhh! Greta kann jetzt die Sänger genauer sehen, die sich wohl hinter der Weihnachtsbaumpyramide wie ein Berg aufgetürmt haben und nun *Leise rieselt der Schnee* singen. Sie tragen grüne Kostüme mit Glitzergirlanden um die Schultern und sind nur von Kopf bis Bauch sichtbar. Und oben auf der Spitze der Pyramide gibt es einen einsamen Engel, ganz in Weiß mit Federflügeln von einem Schwan.

Ehrlich?

Wer weiß das schon.

Stehen die Sänger etwa einer auf dem anderen? Die Knie auf den Schultern des Vordermannes … öhhh … der Vorderfrau?

Rätsel über Rätsel.

Die Weihnachtsbaumleute wickelwackeln nun zum Lied von der Weihnachtsbäckerei. Einer wackelt falsch, haut immer mit der Schulter an den Nachbarn.

Der Regenbogen ganz, ganz oben ist inzwischen knallblau. Und die vielen kleinen und die vielen klitzekleinen und die vielen klitzeklitzekleinen Kinder hopsen auf dem Mittelgang zwischen den Bankreihen hin und her und rauf und runter. Sie kreischen und brüllen und quietschen.

Nicht aber Mathilda.

Sie singt nämlich mit. Ist das überhaupt erlaubt?

… gibt es manche Leckerei … riesengroße Kleckerei … und dann kommt das Ei – vorbei … Sind die Finger rein? Du Schwein!

Gretas kleiner Schwester macht das einen Riesenspaß. Sie sitzt auf Papas Schoß und kann über die Köpfe der Leute vor ihnen ganz prima auf den singenden Weihnachtsbaum schauen. Sie hat's gut.

Der Weihnachtsbaumchor trällert nun Lieder auf International. War ganz am Anfang sogar angekündigt. International ist, wenn man nicht alles versteht.

Es klingelt, es bimmelt, es läutet, es schellt … einige der hopsenden Kinder haben sich auf den Boden geschmissen. Einer gähnt mit weit aufgerissenem Mund.

Kinder dürfen das!

Leider steckt Gähnen an. Bevor Greta noch von der Bank fällt, zählt sie mal die Weihnachtsbaumsänger. Was soll sie denn auch sonst tun? Wenn sie schon nichts versteht. Oder sie singt auf La-la-la-la-la-la-la mit. Ist vielleicht nicht erlaubt.

… zweiundsechzig, dreiundsechzig … da kommt sie beim Zählen ins Stolpern.

Jetzt ist vom singenden Weihnachtsbaum dieses Schlaflied

zu hören … *Schlahaf, schlahaf, schlaf, duhu liehiebes Kihindchen schlaf.* Einige der klitzklitzekleinen Kinder, die sich auf dem Boden rumaalen, schlafen sowieso schon.

Nicht aber Mathilda.

Und das klitzeklitzekleinste Kind – das Baby – hat von Anfang bis Ende durchgeheult. Tatsächlich keinen Schnuller dabeigehabt, was?

Theo weiß was

22 Am letzten Schultag vor den Weihnachtsferien gibt es in der Pausenhalle eine Weihnachtsfeier mit Gesang, Butterplätzchen und der Aufführung einer Weihnachtsgeschichte. Jede Klasse hat sich was ausgedacht, selbst die Schulanfänger. Na ja, die lesen was vor. Soweit sie schon lesen können! Einen Einzeiler:

Hast du heut' schon das Christkind gesehen?

Einen Zweizeiler:

Wir freuen uns aufs Weihnachtsfeste,
Geschenke sind das Allerbeste.

Und eine winzige Pupsmaus – die mit den abstehenden Zöpfen – stolpert sogar einigermaßen durch einen Vierzeiler:

Der Winter schickt uns Eis und Schnee.
Wenn du hinplumpst, tut es weh.
Rappel dich dann wieder auf.
Hoch den Po und weiterlauf.

Einige Schüler klatschen. Und alle Lehrer! Die Lehrerinnen sowieso.

Die Kinder einer Klasse zeigen ihre selbstgebastelten Fächersterne. Pfff … ist doch ganz leicht, so was zu machen. Aber nicht für jeden! Einige Sterne sind leider schief und krumm geworden. Das macht aber nichts. Wahrscheinlich gibt es am Himmel auch schiefe und krumme Sterne.

Gretas Klasse wird was vorführen. Es ist für niemanden klar, was genau. Theo hat sich freiwillig gemeldet. Er sagt, er braucht sich gar nichts auszudenken, er weiß was. Und alle Kinder der Klasse können mitmachen.

Das findet die Lehrerin super. »Ist es denn auch eine Weihnachtsgeschichte?«, fragt sie.

»Aber hallo!«, meint Theo.

Die Lehrerin runzelt ein wenig die Augenbrauen. Sie hält sich jedoch zurück. »Fünf Minuten«, schlägt sie vor.

»Zehn!« Theo will mehr Zeit haben.

»Sieben Minuten.« Die Lehrerin gibt etwas nach.

Für die Aufführung von Theos Weihnachtsgeschichte haben

sich die Schüler aller anderen Klassen auf den Boden der Halle gesetzt und schauen gespannt zu.

Theo sagt: »Ich brauche erst mal drei Kamele. Freiwillige vor!«

Niemand möchte ein Kamel sein.

»Dann bin ich der Bestimmer«, behauptet Theo nun. »Greta … du bist jetzt ein Kamel und dann noch … dann noch Gülay.«

Greta schaut erst einmal die Lehrerin an. Die zuckt mit einer Schulter.

Also gut.

Das dritte Kamel könnte eigentlich Theo selbst sein. Aber er sucht sich noch jemand anders aus der Klasse aus.

»Und dann brauche ich noch sechs blaue Tauben und eine weiße, die mit dem Hintern wackeln kann.«

Es melden sich doch tatsächlich Freiwillige! Wollen die alle einmal mit dem Po wackeln?

Aber noch ist es nicht so weit. Alle warten auf Theos Anweisungen.

Er kratzt sich erst einmal am Kopf. Weiß er nicht, wie seine Weihnachtsgeschichte weitergehen soll?

Jetzt hat er's. »Ich brauche noch einen fliegenden Esel, einen Wackeltisch und einen Wäschekorb. Und zwei böse Hunde!«

Ah … böse Hunde … das wollen jetzt ganz viele sein. Einige aus den oberen Klassen melden sich sogar.

Was noch, Theo?

Er ist jetzt richtig in Fahrt gekommen. »Es fehlen noch eine Ziege, eine Kuh und ein Pferd. Die Kuh muss aber ein Ochse sein! Und dann noch dreitausend Schafe!«

Theo hat sie doch nicht alle! Aber alle dreitausend Schafe

springen schon auf … das sind all die Schüler, die eben noch auf dem Boden gesessen haben.

Und was jetzt, Theo?

»Jetzt laufen wir«, sagt er und läuft voran, immer im Kreis herum. Und alle folgen ihm.

Na, das gibt vielleicht ein Gedränge! Macht aber Spaß.

»Theo?«, mischt sich jetzt die Lehrerin ein. »Wohin geht die Reise?«

»Na, zur Krippe«, sagt er. »Und ich brauche noch drei Lehrerinnen!«

Wofür?

»Das sind die drei Weisen, die auf ihren Kamelen durch die Wüste laufen.«

Auf den Kamelen? Wie soll das denn gehen? Greta ist doch ein Kamel! Soll sie etwa die Lehrerin huckepack nehmen? Nee, nee, nee, nee, nee … da macht sie nicht mit.

Die Lehrerin sagt: »Jetzt habe ich es verstanden. Wir laufen wohl alle zur Krippe, um das Kind zu sehen. Richtig, Theo?«

»Ja, was denn sonst?«, fragt er.

Sei bloß nicht so patzig!

»Aber wer oder was bist du denn, mein Junge?«, will die Lehrerin wissen.

Mein Junge? Ist doch gar nicht ihr Junge! Oder … einer unter vielen Jungs.

»Ich bin der Weihnachtsstern«, verkündet er. »Und jetzt sind wir da. Ende der Geschichte.«

Alle applaudieren.

»Hast du dir das selber ausgedacht?«, fragt die Lehrerin und schaut ihn anerkennend an.

Theo guckt ein bisschen verlegen auf den Boden. »Hab ich im Kino gesehen«, gibt er dann zu.

Und Greta hat er vorher nichts davon erzählt! Er hätte sie ja mal fragen können, ob sie mitgeht. Sie hätte *ja* gesagt! Allein schon wegen Popcorn.

»Und wie war's im Kino?«, fragt sie ihn.

»Dunkel«, sagt Theo.

»Die ganze Zeit?«

»Ja«, behauptet er. »Ich konnte mich die ganze Zeit über nicht sehen.«

Das ist vielleicht ein Spinner, dieser Theo! Man geht doch nicht ins Kino, um sich selber zu sehen!

Theos Weihnachtssterngeschichte ist das letzte Ereignis heute, bevor es in die Ferien geht. Die dreitausend Schafe ziehen sich schon ihre Felle an … öhhh … die Jacken und Mäntel. Und die Lehrerin sagt zu Theo: »Na, mein Junge, das war aber …«

»Toll!«, rufen Greta und Gülay wie aus einem Mund.

Ja! Es war mal wieder richtig was los in der Schule!

Rums!

23 Jetzt brennen schon vier Kerzen auf dem Adventskranz. Und das letzte Türchen vom Adventskalender haben Greta und Mathilda heute auch schon geöffnet. Sie haben deshalb zwei riesengroße Schokoladensterne aus dem Kalender pulen können. Das ist nicht einfach gewesen, und die Finger sind schokoladenbraun geworden. Kann man doch ablecken! Lecker!

Bald ist es so weit … sie haben lange genug auf die Weihnachtstage gewartet, auf viel, viel Schnee und auf das Christkind …

Mama hat gesagt, dass es heute – an Heiligabend – einen Überraschungsgast geben wird, den sie aber schon gut kennen.

Wer kann denn das sein? Greta ist sehr gespannt. Vielleicht der Weihnachtsmann persönlich? Das wäre ja ein Ding! Und dann fällt ihr auch noch ein, dass sie ganz und gar vergessen hat zu fragen, ob ihre Lehrerin auch die Wunschzettel an den Weihnachtsmann abgeschickt hat. Hoffentlich!

Mama und Papa wissen natürlich auch, dass Greta sich einen Hund wünscht. Aber sie sagen immer, dass ein Hund viel Zeit braucht. Aber die hat Greta doch! Sie würde sich kümmern. Immer!

Von Theo hat Greta gehört, dass es in der Kirche mit dem hohen Turm zwei große Weihnachtsbäume geben soll.

»Größer als die vom Weihnachtsmarkt?«, will sie wissen.

»Viel größer!«, sagt Theo und malt mit beiden Armen riesige Kreise in die Luft. »Die Tannenbäume sind so groß, dass sie schon durch die Decke wachsen.«

Monsterbäume vielleicht?

»Aber hallo«, sagt Theo. *Aber hallo* ist wohl neuerdings sein Lieblingsausdruck.

Greta möchte die Bäume in der Kirche mal anschauen. Oder auch die Kirche mit den Bäumen. Um zu wissen, ob Theo spinnt oder nicht.

Mama? Papa?

»Dann gehen wir doch zu Heiligabend in die Christmette oder in den Familiengottesdienst, damit Greta die Weihnachtsgeschichte wieder einmal Stück für Stück hört«, schlägt Papa vor.

»Ich auch«, wirft Mathilda ein. Manno, die hört immer zu!

Geht sie doch gar nichts an! Für spannende Geschichten ist sie viel zu klein. Papa kann sie hüten, wenn Mama mit Greta an diesem Heiligen Abend in das Gotteshaus mit den Monstertannenbäumen geht. Mathilda mault zwar und mault und mault, aber es ist beschlossene Sache.

»Aber nicht schon mit der Bescherung anfangen, wenn wir weg sind!«, fordert Greta.

»Nicht?«, fragt Mathilda noch so doof.

Nicht! Und auf keinen Fall! Und beim Schmücken des Weihnachtsbaums will Greta auch dabei sein. Verstanden?

Am späten Nachmittag gehen Greta und Mama Hand in Hand in die Kirche. Wie schön es ist, Mama mal so ganz für sich alleine zu haben!

Ganz vorne steht die Weihnachtskrippe mit Maria in ihrem blauen Kleid und Josef mit dem Hirtenstab. Die vielen Schafe! Aber keine dreitausend. Und das Baby in der Krippe! Wie ist die heilige Familie denn früher an so eine schöne weiße Windel gekommen?

Und dann die beiden Weihnachtsbäume links und rechts! Okay, Theo, sie sind groß, aber es sind keine Monsterbäume! Sie wachsen nicht in den Himmel! Und auch nicht durch die Decke! Theo, der Spinner!

Nun aber schnell, Mama! Sie schaffen es gerade noch, sich in eine Bank reinzuquetschen … uff, uff.

Viele, viele Menschen finden gar keinen Platz. Sie stehen hinter den Bankreihen oder in den Gängen und warten, dass es losgeht.

Es ist viel Lärm in der Kirche. Das Gehuste und Gepruste der Leute fliegt wie Seifenblasen hoch in die Kuppel.

Na, sieh mal an: In der Reihe vor Greta, rechts von der Mitte, sitzt sogar Theo mit seiner Mama! Greta stupst ihre Mama an und zeigt mit dem Finger hinüber. Mama umfasst Gretas Hand. Sie lächelt und nickt.

Greta kann nicht viel sehen. Außer lauter Rücken der Leute in der Bank vor ihr. Sie kann den Pastor hören. Er erzählt lang und breit die Weihnachtsgeschichte. Kennt Greta ja auswendig. Schon seit dem Kindergarten! Und in der Schule beim Unterricht mit Herrn Weizenkorn hat sie die auch bestimmt tausendmal gehört.

Huah!

Greta würde gerne einen Blick nach vorn auf die beiden Tannenbäume mit den vielen hundert Lichtern werfen können. Aber in der Bank vor ihr sitzt eine sehr große Frau. Die muss eine Riesin sein! Wenn Greta sich zur Seite beugt, kann sie gerade noch an deren Kopf vorbei die Spitzen der Weihnachtsbäume sehen.

In der Kirche ist es inzwischen ziemlich warm geworden. Und nun wedelt sich die Riesin vor Greta noch Luft zu. Mit

dem Blatt, auf dem die Weihnachtslieder abgedruckt sind, die sie hier alle singen sollen! Kerle, Kerle, die kann man doch auswendig! Greta kann also jetzt nicht einmal mehr die Tannenspitzen sehen. Blöd!

Mama kommt zu Hilfe. Sie beugt sich vor und tippt der wedelnden Riesin auf die Schulter. Mama flüstert ihr auch was zu. Ach ja, jetzt hat die Frau verstanden, dass sie Greta die Sicht nimmt. Alles ist gut.

Und gerade als der Pfarrer vorliest, dass die Hirten Maria und Josef und das Kind in der Krippe besuchen wollen, da ertönt ein ziemlich lauter dumpfer Schlag.

Rums!

Das muss aus der Kirchenbank vor Greta kommen. Rechts von der Mitte. Alle Leute in der Reihe drehen die Köpfe, um zu sehen, woher der Schlag gekommen ist. Greta kann das leider nicht sehen. Muss aber ganz schön weh getan haben! Ist jemand vielleicht eingeschlafen und von der Bank gerutscht? Theo vielleicht?

Könnte gut sein.

Jetzt geht es mit der Weihnachtsgeschichte weiter. Huah! Greta muss wieder gähnen. Hoffentlich sind die Hirten bald an der Herberge mit der Krippe angekommen. Bevor Greta auch noch vor Müdigkeit von der Bank rutscht!

Und endlich, endlich wird auch das Schlusslied gesungen:

O du fröhliche, o du selige …

Und danach … im Schweinsgalopp nach Hause!

Türe auf und Kerzen an!

24 Und nun?

Heiligabend! Geschenketag! Bescherung!

Alles ist vorbereitet. Mathilda und Greta helfen Papa beim Schmücken des Tannenbaumes. Mathilda hängt ihre über alles geliebten Schokoladenglocken an den Baum. Papa muss sie auf den Arm nehmen, damit sie die oberen Zweige erreicht. Greta hat den Weihnachtsbaum mit Strohsternen und Goldlampions dekoriert. Alles selber gebastelt! Und ganz oben bringt Papa ein paar fliegende Engelchen und die Glastrompete unter. Überall leuchten die vielen roten Weihnachtskugeln. Das ganze Zimmer spiegelt sich drin. Mathilda kann gar nicht aufhören, sich in einer Kugel zu betrachten. Sie sieht aus wie eine Marzipankartoffel!

Mama knistert noch im Wohnzimmer herum, und Papa soll den Kindern in der Küche die Zeit vertreiben, bis es mit der Bescherung losgeht. Erzähl uns doch was, Papa!

»Kennt ihr denn schon das Gedicht von den Weihnachtsmäusen?«, will er wissen.

»Nein!« Woher denn? Lass mal hören!

Papa Maus und Pieps, der Kleine,
wanderten so ganz alleine.
Brauchten dringend etwas Brot,
denn sie litten große Not.
Roch es nicht nach frischem Kuchen?
Schnüffelnasen! Geht mal suchen!
Da steht Bäcker Hasenfuß,
backt grad Lebkuchen mit Nuss.
»Nehmt euch davon … ruhig mehr!«
»Also … Alter … danke sehr!«

Wie gut, dass die Mäuschen was zu fressen bekommen, sonst wäre es heute ein trauriger Heiligabend. Mäusegedichte und Mäusegeschichten mögen alle Kinder. Ja, ja … auch Bärengeschichten.

Greta schielt immer wieder nach der Wohnzimmertür, hinter der Mama verschwunden ist, um den Geschenkeberg aufzubauen. Jetzt müsste die Tür aber jeden Moment aufgehen! Und wann kommt eigentlich der Überraschungsgast?

Da klingelt es an der Wohnungstür, und Frau Neumann, ihre Nachbarin, steht vor der Tür. Sie hat auch ihren kleinen Hund dabei, na ja … mittelklein. Er ist ja kein Handtaschenhund!

Ach, Frau Neumann ist also der Überraschungsgast!

Greta mag Frau Neumann. Sie lässt Greta oft mit Tschülli spielen und Gassi gehen. Hin und wieder schenkt sie ihr Schokolade. Und ein paarmal sogar ein Überraschungsei. Ja, ja, Theo kriegt das ebenfalls manchmal von ihr … wenn er ihr die Einkaufstasche hochträgt oder für sie beim Bäcker nebenan das Brot kauft.

Jetzt läuten auch schon die Weihnachtsglocken der Stadt. Papa öffnet das Fenster. Das große Dingdong schlägt laut auf die Ohren, bis die Töne langsam erlöschen. Friede auf Erden!

Oh! Die erste richtig dicke, fette Schneeflocke schwebt vom Himmel! Dann die zweite und die dritte … Es schneit! Es schneit! Wie Wattebäusche fallen die Flocken lautlos herab. Weiße Weihnacht! Schööööön!

Und endlich geht es los mit der Bescherung! Das Glöckchen erklingt, die Türe geht auf, und die Kerzen leuchten!

»Wir freuen uns sehr, dass Sie gekommen sind, liebe Frau Neumann!«, sagen Mama und Papa im Chor. »Schöne Weihnachten!«

Ohhh … diese Lichter! Und singen, singen, trallala! Nicht zu vergessen: Gedicht aufsagen! Zuerst ist Greta an der Reihe.

Es ruschelt und raschelt hinter der Tür,
Alle Geschenke gehören nur mir.
Doch schade, dass das nicht so ist.
Ich hab' eine Schwester, wie ihr doch wisst.

»Ich!«, ruft Mathilda mitten in Gretas Gedicht hinein. Dass sie das überhaupt kapiert hat! Aber jetzt soll sie mal still sein. Das Gedicht geht nämlich noch weiter.

Wir beide wollen tolle Sachen,
Glubschis, Flieger, was zum Lachen.
Blink-Blink-Schuhe für uns beide!
Stifte, Bänder, bunte Kreide.

»Ich auch!«, ruft Gretas kleine Schwester.

Schon klar.

Nun aber ran an alle Päckchen.
Die Schwester hat schon rote Bäckchen.
Ich selber kann noch nicht erraten,
welche Gaben uns erwarten.

Mathilda zieht schon an dem weißen Bettlaken, das den Geschenkeberg auf dem Wohnzimmertisch vollständig bedeckt.

Pfoten weg!

Ein Bärenbuch ist auch dabei
und Mausgeschichten, allerlei.
Die Mama kriegt ein Bild gemalt
und einen Hut. Papa bezahlt!

Mama wirft einen kritischen Blick auf Papa, aber der zuckt unschuldig mit der Schulter. Alter Heuchler!

Der Vater …

»Papa!«, ruft Mathilda dazwischen.

Sie soll sich mal raushalten. Es ist Gretas Weihnachtsgedicht!

Der Vater kriegt nur einen Kuss
und eine kleine Haselnuss,
denn Papas wollen nie was haben,
gar nix, auch nix an Weihnachtsgaben.

Und nun … her mit den Geschenken!

»Jesss ich dran!«, brüllt die kleine Schwester und stellt sich mit den Händen auf den Hüften mitten ins Zimmer.

Ich bin ’ne kleine Tansssmarie
und drehe mich im Kreisss.
Es musss sssooon einer bei mir sein,
der Theo sssoll esss sssein.

Pfff.

Mama applaudiert. »Wie schön von euch!«, sagt sie. »Wie lieb! Wer hat euch denn dabei geholfen?«

»Theo!«, ruft Mathilda.

Gar nicht wahr! Es ist Theos Mama gewesen!

Und jetzt darf Mathilda das Laken wegziehen … ratsch.

Ohhhhhhhhhhhhhhhhhhhhhhhhhhhhhhhhhhhhh!

Alles, was sie sich gewünscht haben!

Und auch das, was sie sich nicht gewünscht haben … für Greta nur *ein* Glubschi – das mit den Punkten – und keine zwei! Dafür hat Mathilda das rosa Glubschi bekommen, sieht aus wie ein kleiner Hund, der auf seinen Hinterbeinen hockt. Und riesige Augen hat! Süß!!! Und Blink-Blink-Schuhe gibt es für beide Kinder! Dass der Weihnachtsmann ihre Schuhgrößen kannte! Super!

Das ist ja mal ein schönes Weihnachten! Das große, große Kinderfest!

Auf der Kommode im Flur liegt noch ein kleines, schön eingewickeltes Päckchen. Für wen ist denn das?

Na, für Theo! Was ist drin?

Das wird nicht verraten. Soll ja eine Überraschung sein.

Und dann wird Greta plötzlich traurig.

»Der Weihnachtsmann hat schon wieder vergessen, mir einen Hund zu bringen. Dabei hab ich mir so sehr einen gewünscht«, schluchzt sie.

Aber wieso strahlen Mama und Papa und auch Frau Neumann jetzt übers ganze Gesicht?

»Liebe Greta«, fängt Mama an – ganz feierlich. »Wir wissen ja, wie sehr du dir einen Hund wünschst. Und du weißt ja auch, dass Frau Neumann nicht mehr so gut zu Fuß ist. Und da haben wir uns gedacht, dass du dich vielleicht um den Hund von Frau Neumann kümmern kannst, damit er nicht ins Tierheim muss.«

Was? Wirklich? Sich um Tschülli kümmern? Mit ihm Gassi gehen, mit Hundekörbchen in der Wohnung und mit Hundespielzeug unter dem Sofa?

»Juhuu!« Greta macht einen Freudensprung und der Hund von Frau Neumann gleich mit. Gretas Hund! Wenigstens … so gut wie.

»Juhuu!«, ruft jetzt auch Mathilda ganz ausgelassen. Hat sie überhaupt kapiert, um was es geht?

»Tschülli iss jess auch unsa Hund«, sagt sie.

Ganz schön schlau, die kleine Schwester.

Greta ist vollkommen aus dem Häuschen. Sie umarmt erst ihre Mama, dann ihren Papa und Frau Neumann und dann sogar noch Mathilda.

Sie zwickt sich in den Arm, weil sie Angst hat, dass sie träumt. Aber da schlabbert eine weiche Hundezunge über ihre Hand. Ach, wie toll ist das denn!

Auch Frau Neumann lächelt zufrieden.

»Du machst mir ein riesengroßes Geschenk, Greta, wenn du dich um meinen Tschülli kümmerst.«

Na klar, na sicher. Der kleine, süße Hund fühlt sich hier ja schon wie zu Hause. Er hat sich aufs Sofa geschmissen und seinen Kopf auf die Pfoten gelegt.

»Na ja«, sagt Papa zögerlich und kratzt sich hinter dem Ohr. »Dass sich der Hund auf meinem Sofa niederlässt, das finde ich eigentlich nicht so toll. Das werden wir noch klären müssen.«

Tschülli hat das mitbekommen. Er hebt seinen Kopf, schaut Papa an, und dann springt er vom Sofa. Siehst du, wie lieb er ist, Papa?

Papa erhebt sich und geht in die Küche. Der kleine Hund

folgt ihm, aber nach zwei Tapsen dreht er sich wieder um und springt erneut aufs Sofa. Er hat es schon kapiert: Wenn Papa da ist … runter vom Sofa. Wenn Papa weg ist … dann darf Tschülli machen, was er will.

Dafür hat Papa auch was von Gretas kleinem Hund. Er darf ruhig abends, wenn es draußen stockdunkel ist, mit Tschülli Gassi gehen und frische Luft schnappen. Wenn Mathilda schon im Bett ist und Greta dann vielleicht auch mit Papa zusammen draußen eine Runde dreht. Ob sie dann Theo mitmarschieren lassen? Möglich. Aber nur, wenn er Greta nicht mehr eine lange Nase dreht!

Ach, wie Gretas Herz vor Freude hüpft!

Was ein Glück, dass es Weihnachten gibt! Für Frau Neumann ist es vielleicht ein kleines Stück vom Weihnachtsglück. Okay. Für Greta aber ist es ein großes, großes, riesengroßes Weihnachtsglück!

So ist es.